S捜査官は跪かない
—Dom/Subユニバース—

SAKARI
TESHIMA

手嶋サカリ

CHOCOLAT
BUNKO

ILLUSTRATION みずかねりょう

CONTENTS

Dom/Subユニバースとは？

人間にはダイナミクスと呼ばれる支配力の優劣による力関係が存在するという海外のFan fictionから生まれた特殊設定のこと。作品ごとにオリジナルの解釈がある。

D/Sの分類と特徴

男女の性向とは別に、対人支配/被支配性向があることが医学的に発見されており３つに分類される。一般的にDom/Sub性向を持つ人のことをD/Sと総称し、NeutralはNと呼ばれる。

Dom
ドム

支配欲求がある人
SMにおけるS

＊Domの主な欲求＊

◆お仕置きしたい
◆褒めてあげたい
◆世話したい
◆独占したい
◆信頼が欲しい etc...

Neutral

D/Sどちらの傾向も弱いノーマル

＊Nの割合＊

大多数の人はNに属するが、本人が気づいていないだけで潜在的にD/Sの可能性もある。

Sub
サブ

被支配欲求がある人
SMにおけるM

＊Subの主な欲求＊

◆お仕置きされたい
◆褒めてほしい
◆尽くしたい
◆かまってほしい
◆信頼したい etc...

D/Sは相手を支配／被支配されることにより強い精神的・性的充足が得られるが、どんな特徴をどれほど持つかは人によって異なる。

また定期的に発情が訪れるため“プレイ”をして発散する必要がある。欲求が満たされないと精神衰弱に陥ったり体調に異変をきたし、Domであれば他害、Subであれば自傷に至るケースもある。そのため発情を適度に発散するためのプレイ相手が必要になる。

発情を抑制する薬もあり、多くの人が問題なく日常生活を送っている。D/Sでない相手と結婚する例もある。

プレイ
Play

DomとSubの間で行われるSMに類似した特殊なコミュニケーションのこと。必ずしも性行為を伴うものではない。

プレイをコントロールするのはDomであり、Domの“命令”にSubが従うことでお互いの欲求を満たすことができる。

コマンド
Command

DomがSubに対してする命令や指示のこと。
代表的なものに「跪け（ニール）」や「おいで（カム）」などがある。
当人同士が認識していれば動作のみでも命令になる。
どの命令がご褒美になり、お仕置きになるのかはSubによる。

セーフワード
Safe word

プレイに耐えられないと感じた時にSubが発する合言葉。
Domは行為を中断しなければならない。

ケア
Care

DomがSubを褒めたりスキンシップをとり肯定すること。
ケアを怠るとにSubが鬱状態に陥りやすくなる。

サブスペース
Sub space

主にSubがプレイ中に体験するトリップ状態のこと。
性的絶頂とはまた異なる陶酔の極致だといわれている。

グレア
Glare

Dom特有の視線による威嚇のこと。Subを従わせるためや、Dom同士が互いに牽制し合うのに使われる。

パートナー
Partner

DomとSubが、互いを束縛しあうための契約。
Domは自分以外がパートナーのSubを支配することを決して許さない。
Subはパートナーができると、
パートナー以外のDomの支配を受けにくくなる。

――おお、こりゃすごい。さすがは俺の息子だ、なあ静。

頭を撫でる手は大きく、握らされた飴は琥珀色に輝く。

通知表を手にした母が笑っている。いつも不機嫌な男の上機嫌はどこか恐ろしい。そわそわして、絨毯の上で体育座りした足を、ぎゅっと抱きしめた。

むきだしの膝を白っぽい冬の日差しが温める。尻尾を曲げた三毛猫のミャアが陽だまりを横切って――。

ミャア？　ミャアは中三の時死んだ。ああ、つまり、これは夢だ。二度と戻らない日々の。

そう気づくや否や、急速に目醒めてゆく。現実へと引き戻され、眠気に霞む目を瞬くと、途端に身体のあちこちが痛んだ。

「あー、やったな」

自己嫌悪と共に呟く。折り畳み式の小さなローテーブルに突っ伏して眠っていたらしい。ずっとフローリングについていた尻が痛いし、胡坐をかいた姿勢のままだった脚の関節も軋む。静は上体を起こし、首をひと回しした。背後のベッドに倒れこみたいが、カーテンが半分だけ開いた窓から差し込む光は明らかに朝のものだ。

ここ一週間、通常業務に加えて異動に伴う捜査資料の引継ぎなどで徹夜が続いていた。昨日はその上現場の応援に出て、帰りが明け方になったのだ。強張る腕をスライドさせてはめたままの腕時計を見ると、七時半を少し回ったところ。今日は遅刻するわけにはいかないから、今からシャワーを浴びてそのまま出勤するべきだろう。

　ううん、とひとつ伸びをしたところで、一人きりの部屋に無機質な電子音が響いた。ローテーブルの上で、携帯電話が着信を告げている。よく確かめもせず通話ボタンに触れると、聞き慣れない声が耳に流れ込んできた。

『静さん、おはようございます。棚畑（たなはた）です』

「……おはようございます」

　朝のさわやかな空気が一瞬にして濁り、空っぽの胃が重くなる。

『先生からご伝言です。「しっかりやれ」と』

　はあ、と打った相槌は、ほとんど重い溜息だった。

　言われなくても、やるべきことぐらい心得ている。あの男の意に沿って、これまでずっと生きてきたのだから。

「お疲れ様です。連絡ありがとうございました」

　淡々と答え電話を切り、立ち上がって部屋の隅に積んだ段ボールから、まとめ買いしているミネラルウォーターのペットボトルを取り出す。ふと振り返ると、ローテーブルの上のビニール包装を破りかけたおにぎりが目に入った。食べようとしたところで、寝てしまったのだ。今も空腹は感じるけれど、食欲はない。

そういえば、あの琥珀の飴は、甘かっただろうか。

ふと、そんなことが頭を過る。なんとなくすぐには食べられず、ポケットにしまった。その後、どうしただろう。子供らしい無頓着さで、どこかへやってしまったのか――。

「まあ、いいか」

なぜ今、あの飴の味なんか気にしているのか。時間がない、と自分を急き立てて静は風呂へと向かった。


昔の夢を見るのは、何かしら現状に不安や不満があるかららしい。二十代も最後の歳になって、プレッシャーには慣れっこだけれど、それでも今日という日に少し緊張を感じているのかもしれない。今回の異動は、おそらく庁内中の注目を集めているから。

十月一日、さわやかな秋風の中、静は堅牢な灰色のビルに足を踏み入れた。東京は千代田区霞が関二丁目一番一号。ここが静の戦場だった。

課室には寄らず、まっすぐに三階を目指す。「特殊性向犯罪対策本部　発足式」と書かれた札を確認して、大会議室のドアを開けた。ずらりとパイプ椅子が並ぶ部屋の中は、向かって左側に見知った顔が多い。べつに指定があるわけではないが、出身組織ごとに分かれて座っているのだろう。中へ入ると、顔を上げてこちらを見た署員たちの間にざわめきが生まれる。そ知らぬふりで歩き出すと、場に馴染まぬ大声がした。

「おー、羽田（はねだ）、こっちこっち」

以前同じ捜査本部で仕事をした、組対（そたい）五課の新井（あらい）が、長い腕を振っている。

静はふっと息を吐いて、だらしなく襟元を緩めた男の方へ歩いて行った。

警察官は清潔感のある黒髪が基本だが、反社会的勢力に関わる捜査の多い組織犯罪対策部には茶髪やパーマの捜査員がいる。三十代半ばで既にベテランの貫禄（かんろく）を漂わせる新井の茶髪は、軽薄（けいはく）な雰囲気にとても似合っていた。

「おはようございます……何ですか？」

挨拶もそこそこに顔をじろじろと見られて思わず聞く。新井はたれ目を眇（すが）めた。

「おキレーな顔に、傷ついてんぞ。手当ぐらいしとけよ。そこ、左目の下」

「かすり傷です。すぐ治りますよ」

「今朝方の現場で一番危ないとこに真っ先に突っ込んでったって聞いたぞ。相変わらずしなくていい無茶（むちゃ）してるなあ。ま、そういうところがあるからお前って憎（にく）めないんだけど」

「いや、なんで憎む前提なんですか」

しなくてもいい無茶、という言葉には、他の警官とは違い身体を張らずとも出世が約束されているくせに、という皮肉が込められている。そこには触れずに言葉を返すと、新井がにやりと口元を緩めた。

「そりゃ、イケメンだからだろ。足も長いし」

ふざけた回答に、思わず苦笑いがこぼれる。

静の立場を揶揄しつつもあっけらかんと接してくる新井のような人間は付き合いやすい。警察に入ってからというもの、周囲の反応はだいたい二種類だ。過剰な敵視か、忖度か。

「三課の森な、引継ぎ資料が完璧すぎて若干引いてたぞ。お前だけ、一日が四十時間くらいあるんじゃないかって」

そこには何のからくりもない。徹夜を繰り返しただけだとは、答えずにおく。

「たまには手を抜けよ。凡人の立つ瀬がなくなるだろうが。それか、誰かに頼るとかさ」

「……ありがとうございます。優しいですね、新井さんは」

手を抜かず必死に泳ぎ続けるから、辛うじて水面に顔を出していられるのだと伝えたら、新井は理解するだろうか。あの男の完璧な息子を演じ続ける重荷を。

「初めまして。四課の筒井です。去年の外国人窃盗犯一斉検挙でお名前を知りました」

「新井さんと同じ組対五課の三好です。あの、羽田さん。今回ご一緒できることになって楽しみにしてたんです。どんな人なんだろうって」

新井と話していると、次々に新顔が寄ってくる。筒井は同年代、三好はまだ大学を出たてといったところか。こんなふうに好奇心交じりに憧れの視線を向けられるのは、正直疲れる。それでも静は口元に微笑みを浮かべた。

「三課の羽田です。こちらこそよろしくお願いします。薬物の捜査は初めてなので、色々教えて下さい」

ここで無愛想にでもしようものならたちまち「勘違いしたボンボン」のレッテルを張られることになるからだ。目の前の三好と筒井だけではない。親の七光りでトントン拍子に出世した若造を快く思っていないベテランの目に、常に晒されている。

それも、今日は特に、だ。正面のホワイトボードに張られた「特殊性向犯罪対策本部」の仰々しい毛筆にちらりと視線を投げると、三好が気づいて言った。

「羽田さんのお父さんはすごいですね。こんな、警察史上初の組織を作っちゃうんですから。ウチの課長なんて、マジで言ってましたよ。特性対が成功すれば美濃和議員は閣僚入りするし、羽田さんは未来の長官候補だって」

無邪気な三好の言葉通り、特性対はあの男が作った組織だった。

配属の内示を受けてからずっと、そのことが重く胸を占めている。

「まだ実務上は捜査本部扱いですよ。でも、褒めて頂いてありがとうございます。捜査、成功させたいですね」

称賛されると、息が詰まる。水の下でばたつかせている足を止めて、沈んでしまいたい。

周りより恵まれた立場にあって、刑事という仕事にもやりがいを感じているのに、どうしようもなく日々に倦怠が付きまとう。

「それにしても、特殊性向犯罪対策って言いにくくないですか？　Ｄ／Ｓ犯罪対策の方がすっきりしますよね」

「それそれ、どうも麻取はＤ／Ｓの方を押してたけど、警察が横文字認めなかったって話」

新井がさっそく、どこから仕入れてきたか分からない裏話を披露する。

特性対は長い警察の歴史で初めて、警察が麻取――麻薬取締部と合同で立ち上げる組織だ。

「Ｄ／Ｓねえ。俺はまだ直接関わったことないんだけど、羽田は？」

「俺もないですね。人口の一パーセント未満じゃ、日常でそうそう出会わないですよ」

新井の問いに、率直に答えを返す。

ちょうど静が生まれたころ、世には一定の割合で支配欲の極めて強い人間と、被支配欲の極めて強い人間がいるという医学的事実が「発見」された。彼らは相手を支配する、または相手に支配されることにより、強い精神的・性的充足を得、また、その欲求が満たされないと精神衰弱に陥るというのである。対人支配／被支配性向と名付けられたそれらの症状をもつ人々は、支配欲があるのがドム（Ｄｏｍ）、被支配欲があるのがサブ（Ｓｕｂ）と分類され、俗にＤ／Ｓという総称で呼ばれるようになった。

「普通に暮らしてりゃほぼ関わりないけどな。ちょっと前まで全然存在すら知られてなかったのに、今や一大ドラッグマーケットを形成してるってんだから、すげえよな」

ＳＭ愛好者と同一視されがちだったＤ／Ｓの存在は、Ｄ／Ｓ性向を刺激する違法ドラッグの登場で近年一気に世間の知るところとなった。Ｄ／Ｓドラッグは誰でも簡単にドム性、サブ性を体験でき、ＳＭプレイを楽しめるようになるセックスドラッグとして若者を中心に流行がはじまった。そのうちに過剰摂取者の起こした事故や中毒死がセンセーショナルに報道され、Ｄ／Ｓの認知度を一気に押し上げたのである。

そして、Ｄ／Ｓドラッグの問題は非Ｄ／Ｓによる薬物乱用だけに止まらなかった。Ｄ／Ｓ当事者がＤ／Ｓドラッグを使用すると、支配欲／被支配欲が増幅され、支配すること、されることによる快感がより強烈なものとなる。通常、サブとドムの間の支配関係はプレイと呼ばれるセックスに類似した行為の間だけ築かれるものだが、Ｄ／Ｓドラッグを利用してこの快楽にサブを依存させ、日常とプレイの境目なく支配し、犯罪の手足として使うドムが現れ始めたのである。

大規模な横領事件や売春強要事件が立て続けに起き、事態を重く見た警察や医療関係者からの陳情を警察出身議員である美濃和勇造がとりまとめ、対策組織の設置案を国会に提出した。Ｄ／Ｓに関する犯罪捜査の経験を持つ警察と、薬物取り締まりのプロフェッショナルである麻取がタッグを組んで、まずはＤ／Ｓドラッグの根絶を目指す。それがこの対策本部である。

「にしても、捜査対象がドラッグだからな。今回、特性対は警視庁に設置が決まったけど、麻取は麻取で主導権を取りたがってる。先月の十六日だっけ？　公式発表の寸前までバチバチやってたらしいぜ。一応、トップはウチの本村課長ってことになってるけど……」

　新井が意味ありげに声を落とす。管轄省庁でいえば、麻薬取締部は厚生労働省、警視庁は警察庁の所管ということになる。協働などと謳ってはいても、二者の間では主導権の奪い合いがあるともっぱらの噂だ。

「なんでも、厚労省側の人事に土壇場で変更があったらしい。本村さんもあれでいて早大出だけど、厚労省からそれと同等のエリートが来るんだってよ。麻取じゃなくて、わざわざ厚労省本体から直々のお出ましだ」

「バリバリのキャリア官僚がこの現場に来るってことですか」

　ノンキャリだろう筒井が声を漏らす。エリート、と聞いて静の耳も否が応でも反応した。

「そうそう。麻取の連中も寝耳に水だったたってよ。件のエリート官僚は厚労省内じゃ出世街道驀進中だったのに、急遽こっちにねじ込まれたって話」

　そういうネタを次々と仕入れてくる情報収集能力に内心舌を巻いていると、新井が一呼吸おいて付け加えた。

「でな、そのエリート官僚、なんとドムらしい」

　新井の一言に、皆が一瞬しんとした。

　D／Sには定期的な発情があり、簡便に言えばSMのような行為をしたくなるのだという。もちろんその発情を抑制する薬もあり、問題なく日常生活を送っているD／Sが多いという知識はあっても、実際に当事者と一緒に働くとなると落ち着かないのだろう。

　静自身も特に偏見があるわけではないが、たとえば上司がドムだったら、過剰に管理され、支配されたりするのだろうかなどと想像はしてしまう。

「いいんですかね。D／Sの捜査をするのに、当事者を本部に入れたりして。容疑者のサブとパートナーになったりしちゃわないんですか？」

　三好が若者らしい率直さで疑問を呈すと、新井が笑った。

「さあな。サブで、ドムの容疑者に支配されるようじゃ問題だけど、逆ならいいんじゃねーの。サブの容疑者支配して、自白に持っていけたらオイシイよな。強いドムって、他のドムに支配されてるサブを奪えるらしいぜ」

「それをやると、後々捜査の適法性が問われそうですが」

「おー、さすが羽田は言うことが違うな！」

　D／Sという存在が社会に認知されてまだ間もない。D／Sに関連する犯罪捜査もまだ端緒についたばかりで、適法と違法のラインも曖昧だ。そのあたりもこの本部での経験をもとに、ガイドラインが作成されていくはずだった。

　そんなことをつらつらと話していると件の本村課長が入室し、警察側の人間が一斉に雑談を止める。それを見た麻取側も静まる中を、本村が巨体を揺らして壇上に上がった。

いよいよ発足式が始まる。静も自然と背筋を伸ばした。

本村はおよそ三十人に向かいこの本部の設立の経緯を語り始め、話がD／Sドラッグの取り締まりという本題に差し掛かると、だみ声をひときわ大きく張り上げた。

「最大の目的はアポロの流通組織を完膚なきまでに叩き潰すこと。流通ルートはすべて押さえ、すべての売人をマークするつもりでかかれ。そして何より、製造元を特定すること。今のところ、市場で出回っているアポロは品質が均一だ。つまり製造元が同一であるとみられる。これが他の違法薬物にはない特徴だ。そこを潰すことができれば、日本からアポロを根絶することができる。やるべきことは分かっているな！」

アポロというのが、現在日本で最も流通量の多いD／Sドラッグであり、このアポロの取り締まりが仮設状態の特殊性向犯罪対策本部に与えられた最初のミッションだ。この任務が成功すれば、特性対は捜査本部扱いを脱し、本設置の運びとなるだろう。

本村の号令に、会議室中の男が野太い声で「はい！」と応える。組織長による檄は半ば儀式のようなもので、否が応にも士気は高まる。体育会気質なのは麻取も同じようで、室内の気温が一気に上がったように感じた。

課員の返事に頷いた本村が、続けて会議室の奥へ向かって合図を送る。すると、長身の男が一人、壇上へ向かった。

「厚生労働省から参加される櫛田審議官だ。医師免許をお持ちでいらっしゃり、本プロジェクトでは医学的見地からの助言も頂くことになっている」

「櫛田です。よろしくお願いします」

低く通る声で挨拶した男の姿は、身体の横幅が広く顔が大きい本村の横に並ぶと、スタイルの良さが際立った。顔つきも知的で、場違いに優雅な雰囲気が漂っている。

大声で皆を鼓舞（こぶ）した本村とは対照的に、櫛田は短い言葉でこのプロジェクトにおける厚労省側の役割を淡々と語った。

室内の反応は冷ややかなものだった。警察の人間の反応が薄いのは無理もないが、会議室の右半分にいる、麻取の面々も白（しら）けた顔をしている。新井が得意げに語った「麻取の連中も寝耳に水の人事」というのは、どうやら本当らしい。

静も半ば冷めた目で櫛田を眺めた。彼が汗をかき、靴底をすり減らして地道な捜査をする姿が、想像できない。まあ、そもそもエリート官僚にそんな役割は回されないだろう。きっと本村に次ぐ監督的なポジションを与えられ、事務所で書類仕事をして過ごすのだ。

壇上では事務方を担う二課の人間が班割の読み上げを開始した。当面の捜査のメインは違法薬物の売買が盛んな地域の聞き込みを行う地取り班になるとみられ、静は自分も当然そこへ配属になると思っていたが、いつまで経っても名前を呼ばれない。続けて、警察や麻取に寄せられた薬物の売買や使用情報の裏付け捜査を行う情報班の段になっても、羽田という名が担当官から発されることはなかった。

既に名前を呼ばれた三好たちがそわそわとこちらの様子を窺い始めたところで、壇上に残っていた本村が口を開いた。

「櫛田審議官には特命班として捜査に加わって頂く。ペアは捜査三課の羽田。以上、解散！」

会議室のあちこちでどよめきが起こり、警察側の人間が一斉に視線を寄こした。「まじか」と呟いたのは新井で、三好と筒井は微妙な表情を浮かべている。恵まれたボンボンという存在を快く思っていない人間たちは、内心快哉を叫んでいるだろう。

静は咄嗟に、あらかじめこの人事を知っていたかのような平静さを装った。けれど心中は穏やかでない。あのエリート官僚に、捜査経験があるようには見えなかった。彼と組まされ、その上特命班では、目立った成果をあげることは難しいだろう。

「羽田、ちょっと」

明らかな外れクジをなぜ引かされたのか考えていると、会議室を出ようとする本村に呼ばれ、慌てて立ち上がった。

「櫛田審議官とはうまくやってもらいたい。慣れない現場に出て、他の班の邪魔にならんように。まあ、彼のメインの仕事は特性対が本設置になった際を想定した組織やルールの設計だから、その辺は本人も弁えているとは思うが」

せっかちらしい早足で廊下を進みつつ、本村が指示を下す。半歩後ろをついて歩きながら、静は眉をひそめた。

「特命は、捜査をするなということですか？」

「麻取サイドのトップだぞ。そもそも捜査するポジションじゃない。もとは麻取の部長が名前だけ連ねるはずだった。なのに直前になって厚労省本体から部長クラスのおでましで、しかもぜひ現場で捜査をしたいってご要望ときたもんだ。参るよ」

エレベーターホールで足を止めた本村の顔には、「素人に捜査に首を突っ込まれちゃ困る」とはっきりと書いてある。なるほど、と静は素早く頭を回転させた。

新井の掴んだ通り、警察にも麻取にも想定外の人事が起こり、敵対する二者は共通の厄介者を「特命」に隔離するということで合意したのだ。二人一組で行動するというのが捜査の大原則。彼のお守り役が押し付けられたのが自分、というわけだ。

「ま、これは君への配慮でもある。君には特性対で、あまり失敗してもらいたくない。美濃和議員の手前があるからな」

「え？」

「エリート官僚様のお守をしといてくれれば、悪いようにはしない。君の出来の良さは知っている。ここでコケなければ次の椅子も見えてくる」

期待している、と言い置いて本村が到着したエレベーターに乗り込む。重い鉄の扉が閉まるのを、静は無言で見送った。

これまでの人生で、とりたてて何かを願ったことはない。何かを欲する前に、いつも道は示されてきた。

次の椅子、と本村は言った。警察は巨大なピラミッド型の組織だ。その頂点にあるのは、長官の椅子。それまでの途方もない道のりを思うと気が遠くなる。その椅子の座り心地すら想像したことがないのに、ずっと走らされている。

あの男の、息子として。

小学六年生のある日、静には突然「父」ができた。月に何度か家を訪れ、不機嫌に怒鳴り散らすだけだった男のことを、静は少しも好きではなかった。その男が実は政治家で、愛人である母に産ませた子供が自分なのだと知ったのは、同級生の母親たちの噂話からだった。本妻との間に子供ができず、跡継ぎを欲しがった男の意向で、静は「認知」されたらしい。裕福な実家の金で男を支える本妻は、「美濃和を名乗らせぬこと」を条件にそれを許したという。「お妾さん」という聞き慣れぬ言葉の響きと、「あなたにお父さんができたのよ」と我が世の春のように浮かれる母の姿が、うまく結びつかなかった。

その男、美濃和勇造は、「父」になってからというもの、静の生活のすべてを支配するようになった。

常に人の上に立つこと、トップ校に進むこと、警察への入庁。身体の弱い母の治療費や日々の生活費を男の世話になり、静は粛々と暴君に従った。ろくに友人も作らず、恋に現を抜かすこともなく、参考書にかじりついた学生生活だった。

　警察に入ってからは、まるであの男が言いふらして回ったかのように、どこへ行っても「美濃和勇造の息子」として見られた。権力争いの駒になるために警察へ送り込まれたのだと、理解したところで引き返せなかった。

　最初から出世コースに乗せられ、結果を出して当然という空気の中、静は面白いように出世した。なにしろ、高卒の警官から代議士にまでなり上がった美濃和勇造の名前は、警視庁内の生きる伝説なのだ。静の存在ですら、過去の交際相手が知らせずに産んだ子を、潔く認知したという美談に仕立て上げられていた。

　そして、その仕上げが特性対だ。警察出身であることを最大限活かしてあの男が作った組織。そこで息子の自分が活躍すれば、あの男の名声はこれまで以上に高まるだろう。

　あの男の都合で動かされること自体は今更、どうでもいい。進んであの男の助けになりたいと思ったことなど人生で一度もないけれど、かといってすべてを投げうってでも欲しいものなど、特にないからだ。出世をして、今では故郷に身を寄せた母の医療費もあの男の世話にならずに済むようになったし、仕送りもできる。それで十分だ。

　しかし、特性対で与えられる任務が、エリート官僚のご機嫌取りとは。

静は気分と同じにずっしりと重い資料ファイルを抱えて、特性対の自席に腰を下ろした。

進んで選んだ道ではないけれど、静は刑事という仕事が気に入っていた。誰のためにしているのか分からなかった学生時代の勉強より、目の前の悪人を捕まえる仕事は打ち込みがいがある。犯罪者相手に親の名前は通用しないし、捜査で成果を上げるにはひたすら頭を使って努力するしかない。究極の実力主義だ。

現場で結果を出せた時の達成感と、市井の人々から感謝を受け取った時の喜びは、他には代えがたい。だからこそ、男たちの嫉妬と羨望を一身に受けて疲弊しながらも、仕事を続けてこられたのだ。それが特性対では、現場に出ることさえ禁じられてしまった。

改めて捜査員の出払ったフロアを見ると、失望感に襲われた。

「ハア」

「おはようございます、羽田さん」

憂鬱な息を吐いた途端、背後から低い声が響く。慌てて振り返ると、姿勢のいい長身がそこにあった。

「おはようございます。羽田です。よろしくお願いします」

ため息を聞かれただろうかとひやりとしつつ、笑顔を浮かべる。

改めて近くで見ると、櫛田は俳優のように端整な顔立ちをしていた。軽く顎を引いて応え、隣のデスクにブリーフケースを置く仕草にも品があり、そしてどこか近寄り難い。

一筋縄(ひとすじなわ)ではいかなそうな男だ。しかし本村に言われたからには、うまくこのエリートの手綱を握らなければならない。

「初日から待機なんて、ちょっと肩透かしですよね」

この官僚様だって現場に出ることを希望していたらしいから、待機を不満に思っているかもしれない、と思い水を向けてみる。

櫛田は腰を下ろすと、涼し気な目を伏せて言った。

「待機することは、捜査活動を行うのと同等に重要な任務だと思いますが」

「それは、まあ、そうですね」

嫌味だな、と鼻白(はなじろ)みながらも静は努(つと)めて笑みを浮かべ続けた。冗談を正論で切り捨て、場を静まり返らせるタイプか。

櫛田はまるで仮面でもつけているかのように表情を動かさず、会話を続ける。

「羽田さんは、薬物やD／S関連の捜査に参加するのは初めてだと聞きましたが」

「そうですね。そのあたりは今、猛勉強中です」

暗にこちらの経験不足が不安だと言いたいのだろうか。それでも、捜査経験ゼロの相手と組まされるよりはましだと思ってほしい、という本音をしまい込む。

「あの、櫛田さん、俺相手に敬語は不要ですよ。名前も呼び捨てして下さい。そちらが歳も階級も上ですから」

「……そうか。僕は捜査の現場に関しては素人なので、色々と教えてもらいたい。羽田君」

その謙虚な言葉は本心なのか、ただのポーズか。たぶん後者だろう、と思った。

少し話していて気づいたが、この男は恐ろしいほど無表情だ。愛想よく笑みを浮かべているこちらが、滑稽に感じられるほどに。

新井が捜査に出る間際に耳打ちしていった最新情報によると、櫛田の家は代々大病院を経営する医者の家系で、櫛田も医師免許は取ったものの家族の反対を押し切り官僚になったらしい。宮仕えなどいつやめても実家に勤められる恵まれた境遇だという。周りの人間の機嫌を取ることなど、生まれてこの方考えたこともなさそうだ。

結構なことで、と静は櫛田の事務方にしては厚い胸板や長い腕を眺めた。彼はきっと生まれながらの支配者なのだ。知性と品性、美貌と家柄。周りをひれ伏させるものがあらかじめ彼には備わっていて、他人から馬鹿にされたり、軽んじられたりすることはなかっただろう。

いわば、本物のエリートだ。あの男の名前ばかりが先に立って、日々取り繕うのに必死な自分とは雲泥の差だ。そして、進路も何もかも、あの男に唯々諾々と従ってきた自分とは、決定的に違う。静は胸の裡に昏い感情が広がるのを感じた。

「櫛田さんはこれまで何をされてたんですか。医師免許を持ってる官僚の方の仕事なんて、俺にはあんまり想像つかないですけど。麻取関係の部署ですか？」

そういえば、櫛田の着任は明らかな左遷人事で、何か失敗をやらかしたのだろうという噂もあった。特性対は現時点で明らかな警察主導のプロジェクトであり、厚労省側から見れば特性対のポストは「外れ」らしい。

「いや、麻取に関わる仕事をしたことはない」

「そうなんですか。じゃ、どういった経緯でこの本部に？」

「……人事異動だ」

木で鼻をくくったような答えに、静は閉口した。お前ごときに教えてやる理由などない、ということか。

しかしこの反応からすると、本当に何かミスをして不本意ながらこのプロジェクトに流されてきたのかもしれない。そう考えると少し胸がすっとして、けれどすぐにそんな矮小な自分に嫌気がさす。

櫛田はさすがにぶっきらぼうな返答だと気づいたのか、平坦な声で付け加えた。

「特性対では、組織や制度の設計を担当することになる」

「そうですか。俺はとにかく聞き込みでもなんでも、捜査に出たいですね。櫛田さんと違って、俺は足で稼がないと認められないので」

妙に卑屈になってぼやくと、櫛田がこちらを見る。少し嫌味が過ぎたかもしれない。誤魔化すように資料ファイルに手を伸ばすと、櫛田が口を開いた。

「誰に？」

「え？」

「君の上司は待機を命じている。誰に認められたいんだ、君は」

そっけない口調で問われたことの意味が分からず、静は眉根を寄せた。またさっきと同じ、待機も重要な任務だという正論を説きたいんだろうか。

「君の父親が美濃和勇造だということは聞いているが」

次の瞬間、耳を疑うような言葉が櫛田から飛び出した。

頭にカッと、血が上る。

俺が、あの男に認められたくて功を焦っているとでも言いたいのか。

「俺に父親はいません」

「え？」

聞き返されて、はっとする。

あの男のことを言われるのには慣れている。受け流せばよかったのに、どうしてこんな風に反発してしまったのか。

どうフォローするか迷っているうちに、櫛田からあっけなく謝罪が返ってきた。

「すまない。不要な詮索だった」

静は釈然とせず唇を噛んだ。さっきからこのエリート官僚は、こちらの要望にはすぐに

応じる。さん付けも敬語も止め、「不要な詮索」を咎められればあっさりと謝罪。

しかし徹底した無表情でそれをされると、敬意を払われているというよりはむしろ、馬鹿にされている気がする。

「……俺、今日は資料を読みます」

ひとまず櫛田との会話を切り上げようと、静はそう宣言した。これ以上話していたら、また余計なことを言ってしまいそうだ。

櫛田が頷いたので、静は自分の言葉通りにファイルを手に取った。この中には、これまで警察や麻取に寄せられたアポロの取引情報や売人の目撃情報、別件で逮捕されアポロの使用歴が判明した犯罪者のリストなどがまとまっている。これらの情報を頭に叩き込んでおけば、いつ捜査に駆り出されてもいい。地取り班の助っ人に呼ばれるチャンスに備えたかった。

けれどファイルを開いても集中できず、あの男の顔が頭にちらつく。

あの飴は、甘かったんだろうか。

どうでもいいようなことがまた、気になり始める。静は無意識のうちに、唇に触れていた。

——やめろ、みっともない。次やったらお前をどっかに捨ててくるぞ。

途端に頭の中に男の怒鳴り声が響いて、静は反射的に手を下げた。子供の頃散々叱られて、とっくに治ったはずの癖。

やはり今日は、どこかおかしい。

静はきゅっと唇を噛むと、両手で頬を叩いた。小さな痛みが、顔ではじける。

「よし」

短く呟いて無理やりに気合を入れ、ようやく資料に目を落とした。


「羽田君、昼は？」

なめらかな低音で名前を呼ばれて、はっと顔を上げる。いつのまにか資料に夢中になっていた。気づけば、腕時計は午後三時を示している。

「これ、最後まで読んでしまいたいのでいいです。櫛田さん行かれるんであればどうぞ」

「……気づいてないのかもしれないが、さっきから腹が鳴っている」

「へ？」

言われてぽかんとした時、まさに腹がぐうと鳴って、静はさっと頬を赤らめた。集中すると我を忘れるのは子供のころからだが、完璧が服を着て歩いているような男に腹の音を聞かれるのは恥ずかしい。

「少し歩くが、好きな中華の店がある。良ければさっきの非礼の詫びに付き合ってほしい」

「……はあ」

さっきの非礼、が何のことかすぐには理解できなくて、間抜けな返事をした後に美濃和の件かと思い当たる。改めて謝罪をしようなんて、生真面目なのか別に魂胆があるのか。

相変わらず冷ややかな表情と態度の櫛田は、全く謝罪したいようでも、人と食事に行きたいようでもなかった。けれど、目上の人間に誘われて、逆らえる文化は警察にはない。読みかけの資料に後ろ髪を引かれながら、静は渋々と席を立った。

店は警視庁から日比谷公園を抜け、少し歩いた場所にあった。上の空のまま始まった食事は、それでもエリートの勧める店だけあって味が良く、かといって気を遣うような値段でもなく、思いの外良い気分転換になった。食事中会話らしい会話はなかったが、櫛田は食事の所作がとても綺麗で、それを見るだけで彼の出自が分かる気がした。

「おいしかったです。ごちそうさまでした」

店を出て、礼儀として頭を下げる。無表情で頷く櫛田が何を考えているかは分からなかったが、特にあの男との関係を詮索しようという素振りもなくほっとした。

「ところで君は随分熱心に資料を読んでいたようだが、何か発見はあったか」

並んで信号待ちをしていると、櫛田が不意に口を開く。妙に堅苦しい口調は、まるで何かの面接かテストのように聞こえて、静は身構えた。

仕事の進捗チェックか、あるいは自分は資料を読んでいる暇がないから、ポイントだけをレクチャーしろという要望か。どちらにしろ、出来を試されているのだ。

「これまでアポロを売っていたとして聴取を受けた者は皆サブかドム、つまりD／S当事者です。売人になった経緯も似通っていて、D／Sに覚醒した直後の精神的に不安定な時期に声をかけられ、薬物に手を出し、薬物への依存度が高くなって売人へと至っている。大麻や脱法ドラッグの売人などと違って、それまで犯罪どころか、盛り場にすら縁のなかった真面目な一般人が多い印象です」

アポロには、D／S性向の拡大効果の他に催淫効果が認められている。特にD／S当事者にはその催淫性が強く作用すると言われ、覚醒直後でプレイに拒否感のある当事者たちに、躊躇いを捨ててプレイに挑戦できるようになる、いわば「ドム性／サブ性を受け入れるためのドラッグ」として勧められることが多いようなのだ。

ひとまずこんなところか、と隣に立つ櫛田を見ると、彼は前を向いたままだった。質問をしておきながらこちらを見ようともしない態度に少し、かちんとくる。

「まさにその点がD／Sドラッグ関連の犯罪の特徴であり、捜査対象者が絞りにくく捜査が困難な点でもある。木内玲奈のケースは読んだか？」

「……いえ、まだです。すみません」

どうやら試験は不合格のようだ。

すぐに謝罪が口をついて出たが、櫛田はこちらを見もしない。

「謝る必要はない。読んだら君の所感を聞かせてほしい」

冷たい声で取ってつけたようにフォローされても、真に受けられるわけもなく、焦る。

食事中の短い会話によると、櫛田はすでにほとんどの資料に目を通しているようだった。口ぶりからすると、櫛田の異動は本当に急なもので、厚労省側にも仕事を残してきているらしい。そんな多忙の中、いつのまにあの膨大な量の資料に目を通したのか。

不機嫌そうに黙り込む櫛田の隣では、一秒が何倍にも感じられる。意味もなく腕時計で時間を確認していると、再び櫛田が口を開いた。

「その時計」

「はい？」

「ベルトに傷がついている。切れる前に交換した方が良い」

言われてまじまじと見ると、革ベルトの接合部に亀裂が入っていた。持ち主すら気づいていない損傷を発見する観察眼は、感嘆を通り越して気味が悪い。

ようやく変わった信号にほっとして歩き始めると、道の向こうに警官の制服姿があることに気づいた。

「どうした？」

「いえ……なんでしょう、あれ」

目を凝らしてみると、通りの反対側にある小さな駐車場に数人の警官が集まっている。

彼らは白いワゴン車を囲んでいた。駐車の際に、車同士の事故でもあったのだろうか。そんなのは別に珍しくもないけれど、何か引っかかるものを感じて静は歩き出した。

「羽田君？」

「あ、食後の腹ごなしに少し歩くだけなんで。櫛田さんは先に戻っていてください」

答えながらどんどん早足になる。何故か櫛田がついてきているが、気にせず歩くうち、引っ掛かりの正体が明確になり始めた。ワゴン車の車体に引かれた二本の黒いラインが気になったのだ。

駐車場に着いた静は交通課の警官に挨拶をし、車体とナンバーを確認したところで確信をもった。背後の櫛田を振り返り、ワゴン車を指さす。

「これ、手配車両じゃないかと。ニッサンのエスティ、車体に二本のラインがあって所沢ナンバー」

静の言葉に、櫛田は右眉をわずかに跳ねさせた。

「これが？　資料にそんな写真があったか？」

「いえ。文字で、特徴と所沢ナンバーとだけ記載がありました。……半年前あたり、池袋の西口公園付近でよく目撃されていた車だと思います。アポロの売買に使われていたんです。まさかこんなところに乗り捨てられてるなんて」

興奮して、早口になる。ワゴン車はここ二週間放置されている不審車として駐車場のオーナーから通報があり、交番と交通課から警官が出動したらしい。

これは、大きな発見かもしれない。静は逸る気持ちを抑え、携帯している手袋をはめた。

近づいてみると、助手席側のウィンドウが割れている。それを塞ぐためだろう、窓を覆うようにゴミ袋がガムテープで貼られているが、そのゴミ袋も破れて裂け目がぴらぴらと風にそよいでいる。静はその穴に手を突っ込むと、内側からドアロックを解除した。

「羽田君、専門班の到着を待った方が」

背後から櫛田の戸惑ったような声がするが、構わずドアを開けて上半身を突っ込む。

「けほっ」

淀んだ空気を吸い込み、思わずむせる。車内は相当に埃っぽく、雑然としていた。後部座席にはゴミの入ったレジ袋や中身の残ったペットボトル、薄汚れた毛布などがある。

「誰かが生活してたみたいな雰囲気ですね」

この車は鑑識に回すことになりそうだ、と静は思った。あまり触らない方がいいだろう。それでもこの中に今回の事件の何らかの手掛かりがあるのではないかと思うと、ついきょろきょろと見まわしてしまう。

サイドの小銭入れには十円玉が数枚と埃が溜まっている。足元には丸まったティッシュ、備え付けられた灰皿には数本の吸い殻、そして。

「サンバイザー……」

何かのメモや駐車券などが挟まっていないだろうかと、フロントについている日除けに手を伸ばす。無機質なグレーのボードを下げた瞬間、小さなビニールの袋が滑り落ちてきた。同時に、エメラルドグリーンの粉末が視界一杯に降り注ぐ。

「ぶっ」

咄嗟に目をつぶり、掌で鼻と口を覆った。けれど一瞬遅く、粉末をまともに吸い込んでしまう。

鼻の奥と喉が熱い。粉は目にも入ったようで、視界も霞む。

売人の車にあった正体不明の粉末だ。ドラッグかもしれない、まずい……と考えている間にも頭がくらくらとし、手足が熱くなってくる。

「う、げほっ」

「羽田君！」

背後から櫛田の声がするが、静は口元を押さえたまま、動けずにいた。

口の中にはざらつきと化学的な甘い味が広がっている。吐き出したいが、これ以上押収車両とその周辺を汚すわけにはいかない。

「何をしてる、早く吐くんだ」

「げほっ」

どうにか車体から上半身を引き抜くと、櫛田が素早くハンカチを口元に押し付けてきた。

「げほっ、あ、うぇ」

何も考えられずに櫛田のハンカチで口を覆い、異物を吐き出す。妙な甘ったるさが舌に残る。静は肩で大きく息をしながら、その場にしゃがみ込んだ。

「浴びたのは、この一包分だけか？」

「う、はい」

「どうしました？　具合が悪いんですか？　救急車を呼びます？」

交番の警官が異変に気づいて近づいてきた。

「いえ、私が対応します。症状の見当はついているので」

こんな時にも冷静な櫛田の声がする。

「押収手続きをお願いできますか。特性対からすぐに別の者を寄越しますので」

「分かりました。レッカー車があと十分ぐらいで来ますんで……」

頭上で交わされる会話が耳を素通りしていく。頭の中が熱した鉄の棒でかき混ぜられているようにぐらぐらとする。

「立てるか。すぐ応急処置をする」

言葉と共に肩に手をかけられると、肌がぞわりと粟立った。

「あれだったら、交番すぐそこなんで使ってください。これ、鍵」

「ああ、ありがたい」

櫛田が警官から鍵を受け取り、静を立たせようと脇の下に手を入れてくる。

「――ッ」

その接触に、全身が総毛立った。

息を詰め、汚したハンカチを握りしめる。

「ひと、りで歩け、る」

ドラッグのせいなのか、触れられることにひどく敏感になっているようだった。

息を乱しながら抗議すると、見下ろす櫛田の瞳がすっと細められ、青白く冷たい光が宿る。くらくらとする頭とぐらつく思考の中でもその眼光の鋭さははっきりと感じられ、静は気圧（けお）された。

視線が、櫛田の瞳に釘付けになる。

「処置は少しでも早い方がいい。掴まりなさい」

薄い唇が正論を紡ぎ、がっしりと胴に腕を回される。反抗する余力はなかった。いや、力があっても従っただろう。まるで魂を抜かれたように、静は櫛田に縋った。

支えられて歩く途中にもどんどん身体から力が抜けていき、最後はほとんど引きずられるような格好で静は交番にたどり着いた。

無人となっている交番の鍵を開け中に入ると、櫛田は一直線にトイレを目指す。貸すこともあるため、公共の多目的トイレと同じで中は広々としていた。

「君の浴びた粉末だが、おそらく、アポロだと思う」

便器に向かって静を跪（ひざまず）かせながら、櫛田は言った。

ようやく櫛田から身体を離すことができて、静は便器に掴まりながら一息ついた。なぜこんなふうに櫛田に反応しているのか、あの粉末がアポロだったとすれば納得がいく。アポロは服用者のD／S傾向を拡大するほかに興奮、催淫の効果もあるのだ。

市場に出回っているアポロにはいくつかのバリエーションがあり、最も多く流通しているのは白い錠剤だが、カラフルに色づけされている粉末タイプもある。

「今のところ中毒症状は出ていない。飲み込んだ量もそう多くないだろう。とにかく、まずは吐くことだ」

そう言って櫛田が、静の腹に右腕を回して抱え上げる。そしてその左手で静の後頭部を押し、頭を下げさせた。

途端に吐き気がこみ上げ、静は軽くえづいた。

「けほっ、げほっ」

喉に張り付いたような感覚があったものを吐き出すと頭にあった手が下りてきて背中をさする。

流れるような仕草に、医師免許を持っているとこんなことも得意なのか、という他人事のような感想が脳裏を流れていく。

「まだ吐けるだろう。口を開けて」

「ひ、ひとりで、でき」

今度は喉に指を突っ込まれそうになり、静はしゃにむにその手を振り払った。

体育会系の職場でしごかれてきて、飲まされすぎた酒を吐くのには慣れている。これ以上櫛田に手間をかけさせたくなかった。それに、彼に触られているとどうにも肌が粟立ってしまう。

「さわられ、る、と、おかし」

息も絶え絶えに抗議すると、櫛田は何も言わず静の手首を取った。脈をみているのだ、と静が理解するころには、櫛田は一人で頷き、「分かった」と言って手を離した。

間近に感じていた体温が離れると、指先や肌がきゅっと引(ひ)き攣(つ)るような感覚がある。

「……表に自販機があったな。水を買ってくる」

そう言ってトイレから出ていこうとする櫛田の後ろ姿を見た瞬間、とっさに、彼のジャケットの裾を掴んでいた。

「……羽田君？」

振り返った櫛田の怪訝(けげん)そうな顔に、自分がとった行動に気づかされ慌てて手を離す。

何だ、何をしているんだ、俺は。

「すぐ戻る」

戸惑った様子を見せつつ、櫛田が再び背を向ける。静は混乱を振り切るように、便器に向かって吐いた。

何度も水を流した後、手洗いで口をゆすいでいると櫛田が戻ってくる。静は支えようとする櫛田の手を拒み、何とか自力で交番の奥の休憩スペースへと移った。

六畳ほどの狭い部屋の中でパイプ椅子に腰かけ、ゆっくりと呼吸する。

「呼吸が整ってきたら水を飲むんだ。少しずつでいい」

櫛田に差し出された水を見ると、確かに喉の渇きを覚えて静は手を伸ばした。

ペットボトルに手をかけると、すでに蓋(ふた)は緩められており、力が入らない手でも開けられる。震える手で少しずつボトルを傾け、口に流し込む。喉を流れる水の感覚が気持ちいい。五百ミリリットルを、すぐに飲み干してしまった。しかし、足りない。これは喉の渇きではないのかもしれない。何かがおかしい。

よく分からない焦燥感にかられ、喉を押さえる。

「あ……あ……」

「羽田君、どうした？」

異変に気づいた櫛田に問われて、静は訳も分からず首を振った。喉が渇いている。けれど、足りないのは水ではない。息が熱い。ぞくぞくと寒気が肌をかけのぼってきて、思わず両腕で自分を抱きしめる。身体が、何かを求めるように疼(うず)き始めた。

不安になって視線が彷徨(さまよ)うと、怪訝そうに眉根を寄せた櫛田に目の中を覗き込まれる。まともに目が合い、心臓がドクンと大きな音を立てる。切れ長な瞼(まぶた)の下の黒々とした瞳に吸い込まれそうな引力を感じて見入ると、さっき駐車場で睨(にら)まれた時のひどく冷たい瞳が脳裏に浮かんだ。

一方で櫛田は、表情を険しくし、ぶつぶつと何かを口にする。

「おかしい。もうほとんど吐いたはず。……まさか。君、D／Sの診断を受けたことは？」

「え……？」

「ドムか、サブの疑いがあると言われたことはないか」

突拍子もないことを問われ、意味も分からずただ首を振る。D／Sだと診断されたことなんて、あるわけない。そのことが、今のこの身体の症状と何の関係があるのか。

ますます混乱する一方で、身体の疼きは治まる気配を見せない。

苦しい。足りない。

「あ、だめ、も、ほしい」

無意識にその三文字を唇が音にした瞬間、静の身体は芯からぶるりと震えた。

欲しい——何が？

「ほし、い、ほしい、おねがい」

欲しい、と口にすればその刹那(せつな)だけ渇きが治まる気がして、静は繰り返した。

絞り出す声はひどく甘ったれた響きを伴っていて、寒気がする。けれど口にしなければどうしようもない。身体の内側から次から次へと熱が湧いてきて、気が狂いそうになる。

欲しい。

焦燥感は増すばかりで、どうしたらいいのか分からない。掌で痛いほど二の腕を圧迫すると、束の間満たされる。けれどその感覚もすぐに鈍ってしまい、静は「う、う」と短い嗚咽(おえつ)を漏らした。

「まずいな」

櫛田が呟き、静に向かって一歩踏み込む。すぐそばに櫛田の存在を感じると、心臓が大きく脈打った。

「あ……」

両肩をぐっと掴まれ、顔を上げると至近距離で目線を合わせられる。

真剣な眼差しで見つめられた静は、この瞳にまたさっきのように冷たく睨んでほしい、という衝動に駆られた。

「これは、応急処置だ。いいな?」

オウキュウ、ショチ?

櫛田が何を言っているのか頭に入ってこない。けれど、今目の前の男に従えば、この酷い渇きがきっと癒される。何故かそう確信できる。

口を半開きにしたままこくこくと頷くと、櫛田の黒々とした瞳がすうと細められた。

これだ。この瞳に睨まれたい。もっと、もっと欲しい。

恍惚（こうこつ）としてその瞬間を待っていると、櫛田はゆっくりと唇を開いた。

「跪け」

半ば陶然としていた静は、一拍遅れて理解し、目を見開いた。

跪け、だと？

冗談じゃない、と反射的に理性が拒絶をはじき出す。けれど、櫛田は反抗を許さぬゆるぎない調子で繰り返した。

「聞こえなかったか？　僕の足元へ、跪け」

切れ長の目に、青い光が宿る。見つめられると、動けない。

こめかみが熱い。

これは、怒りだ。あり得ないことを言われて、怒りに血が燃えているのだ。

そう思うのに、なぜか彼の足元に跪くことを想像してしまう。そしてそんな自分の姿を思い描くと、背筋に甘い痺（しび）れが走った。

「あ……」

――従いたい。跪きたい。

腹の奥底から全く知らない願望が湧き上がって、理性を平伏させようとしている。跪けば、さっき彼に睨まれた時よりももっと満たされるのではないか。そんな期待が生まれて、身体が動くのを止められない。

静は知らず知らずのうちに、床に膝をついていた。

自身の動きが、まるでスローモーションになったかのようにひどく鈍く感じられる。

跪きたくなんかない。けれど、この男に従いたい。

「う……」

「そう、いい子だ」

ふわ、と柔らかい声が耳に届き、その響きに身体の芯が甘く疼く。

「もっと、頭を下げて」

「あたま……」

ふわふわと霞がかった頭の中に櫛田の声だけが響く。気づけば静は、櫛田の足元にひれ伏し、深く首を垂れていた。

まるで土下座のような恰好。屈辱的だ。そう思うのと同時に、今まで感じたことのない陶酔（とうすい）が、頭のてっぺんから爪先にまで満ちた。

これは、何だ。

「よくできた。今度は四つん這いに」

「へ……？」

櫛田の声が再び冷たくなり、間髪容れずに次の命令を下す。静はすでに何も考えられなくなっていて、彼の言葉に従った。

休憩室の冷たい床の上で尻を上げ、土下座より屈辱的な姿勢をとる。けれど頭は高揚感に満たされていた。土下座をして、今度は四つん這いになって、そのことであの酷い渇きが少しずつうるおされていくのを感じる。それだけではない。まるでセックスの最中みたいに、身体が興奮している。姿勢が苦しいせいだけではなく、はあはあと息が上がる。肌が熱い。

犬みたいな姿勢で荒い息を吐きながら、櫛田を見上げる。すると高級な腕時計をはめた彼の手が目についた。

あのひどく冷たそうな指の先に触れたい。そうして、さっきみたいに冷酷に、見下ろしてほしい。

一度その願望を自覚すると、心臓が暴れ出していてもたってもいられなくなる。まだ、渇いている。もっと、欲しい。

「ほし、もっと、もっと、ほし、い」

「落ち着くんだ、羽田君」

「もっと、くしださ、くるし」

膝立ちになって、櫛田の足に抱き着く。すると舌打ちともに「仕方ないな」と小さく声がして、尻に軽い痛みが走った。

「あッ?!」

「誰が立っていいと言った？」

ぱし、と鈍い音がして、また尻に痛みが走る。叩かれたのだ、と分かると尻がふるりと震えた。

慌てて四つん這いの姿勢を取る。じん、と疼くそこにもう一発掌を打ち付けられた時、静の背筋を電流が駆け抜けた。

——気持ちいい。尻を叩かれるのが、気持ちいい。

それはさっき跪いた時と同じく、理屈抜きに生まれる快感だった。

「気持ちいいようだな」

「なっ、ちがっ、アッ」

否定すると再び尻を叩かれる。

「あんっ、や、あ、もう」

四つん這いで、子供のように折檻（せっかん）されるたび、甘い声が出てしまう。

続けざまに尻を叩かれ、あっというまに尻全体がじんじんと熱を持つ。しかしその熱と痛みが、今の静にはたまらない愉悦となっていた。

気づけば性器が熱を持ち、スラックスの中で頭をもたげている。もっと強く叩かれたいと思うようになり、自然と尻を高く上げた。

「……え？」

すると今度は急に尻を叩く手が止まる。驚いた静は首を巡らせ、背後を見た。

そこには氷のような目をした櫛田がいた。

「どうした？　もっと叩かれたいか？」

その視線の冷たさに、理屈抜きにぞくぞくと心が震える。

叩かれたい、もっと、強く。

信じられない願望が、身体を動かしてしまう。

静がもう一段高く尻を上げると、さっきよりも更に勢いをつけた平手が尻たぶを打った。

「あぁッ、アッ、あああっ」

そのまま容赦（ようしゃ）なく何度も打たれ、嬌声（きょうせい）とも悲鳴ともつかない叫びがひっきりなしに零れる。甘さも痛みも、よく分からなくなっていく。ただ、櫛田の言いつけを守らなければということだけが頭を占めていた。

息が切れ切れになり、ついに我慢しきれず尻を上げたまま上半身を床に突っ伏すと、そこでようやく櫛田の手が止まった。

動くなと言われたのに態勢を崩してしまった、と朦朧とした頭で考える。

「ごめ、なさ……」

「よく我慢できた」

声と共に、頭をふわりとした感触が掠めた。

撫でられているのだ、と分かった瞬間、肌に甘く鳥肌が立つ。褒められた。認めてもらえた。喜びで胸がいっぱいになる。

「はい……」

「蕩けた顔をしている。……もっと撫でてほしがっているな。ここも」

そう言うなり櫛田は静の脚の間に手を差し入れ、するりと股間を撫でた。

「ふあッ」

叩かれている間、熱を持ち続けていた性器を布越しに擦られ、甘い快感が弾ける。興奮が一気に股間に集まった。櫛田の手が、緩慢な動きでそこを可愛がる。

「ん、ん」

叩かれ続けた尻に残るじんじんとした痛みと、性器にもたらされる甘すぎる快感が、静の頭をぐちゃぐちゃに掻き乱す。次第に、快感を求めることしか考えられなくなった。

櫛田の手に股間を擦りつけようと腰が無意識に動く。と、次の瞬間そこに鋭い痛みが走った。

した。

「アッ?!」

「勝手に動くな」

ぎゅっと力をこめて性器を握られ、どっと冷や汗をかく。痛みと共に恐怖が身体を満たした。

「返事は？」

「アッ、はっ、はひ」

促されて、無残に突っ伏したまま言葉を絞り出し、頭を上下させる。

すると櫛田の手が離れ、スラックスの前を寛げて性器を取り出した。すでに濡れた性器が空気に晒され、身体がぶるりと震える。

櫛田が今度は直に性器を撫で始めた。

「あ、あ、あ」

少し萎えていた性器は緩やかな愛撫にすぐに反応を始める。再び張り詰め、先端からとろとろと透明な液をこぼす。櫛田の指先はそのとろみのある液体をくびれにぬりつけ、ぬちぬちと粘着質な音を立てながら静のものを扱く。

尻を突き出し、スーツ姿のまま性器だけを取り出され、櫛田に扱かれている。あり得ない状況なのに、気持ち良くてたまらない。

静の性器はすぐに限界まで膨れた。

「……イきたいか？」

もう、出したくて仕方ない。それ以外のことは考えられずに静が頷くと、櫛田の薄い唇が微かに弧を描いた。

「では、きちんと頼むんだ。僕にイかせてほしい、と」

「イきたい、イきたい……ッ」

闇雲にそう繰り返すと、性器ではなく尻に櫛田の手が伸びた。

「あああッ」

微かに痛みの残る尻たぶを再び叩かれる。

鈍い痛みと屈辱が生まれ、目尻に涙が滲んだ。尻を叩かれ、その衝撃で性器が揺れることすら、切なくて仕方がない。

「もっときちんと頼めるだろう。お願いします、と言ってみろ」

「イ、きた、も、むり」

ばしん、ばしん、と容赦なく尻に掌が振り下ろされる。性器は絶頂寸前の状態を保ったまま、腹につきそうなほど反り返り、先端から蜜をこぼし続けている。

「お願いします、だ」

「イきた、おねが、しま……ッ」

掠れた声を絞り出すと、櫛田がふっと息を吐いた。

長い指が先端に巻き付き、大きな掌が幹を包む。

「イっていい」

「アアアアアアッ」

一気に強く擦られ、静は絶叫しながら放出した。

びゅうびゅうと、信じられないほどの白濁が床を汚す。長い射精だった。

目も眩むほどの快楽に、足がガクガクと震える。

「あ、あぅ」

ドロドロになった性器をハンカチで丁寧に拭われ、情けない声が漏れた。

手足から力が抜け、床に倒れこみそうになると櫛田が腕を掴み、引き寄せてくれる。正面からもたれかかるとさすがに重かったのか、静を受け止めながら櫛田は床に尻餅をついた。

高級そうなスーツが汚れてしまう、と咄嗟に身体を引こうとすると、ぐっと抱き寄せられ、大きな掌が背中を撫でた。

「よくできた」

放出の後の真っ白な頭に、櫛田に褒められた陶酔が広がる。ずっと頭の奥を支配していた渇きが、いつのまにか消えていた。

これまでに経験したことのない充足感に圧倒され、言葉が出ない。

はあはあと整わぬ息を吐きながら静は、しかし今達した身体が、全く鎮まっていないことに気づいた。いつもなら一度出せば訪れる静かな時間が、全くやってこない。それどころか。

「んッ」

その時再び櫛田の手に背中を撫でられ、反射的に濡れた息が漏れてしまう。

さっきあれほど盛大に果てたというのに、まだ、足りないなんて。

戸惑いの中、静は眼を瞑り、必死に熱を冷まそうと細く息を吐いたが、却って身体の疼きがはっきりと意識されてしまった。

「……羽田君？」

異変に気づいた櫛田が撫でる手を止め、肩を掴んで凭れる静を引きはがす。櫛田に目を覗き込まれると、口が自然と開いた。

「あ……尻が、なんか、あつ、くて」

何を言ってるんだ、何を。

けれど、口にしたことは事実だった。叩かれていたせいで熱を持っているのかと考えたが、それは違うと感覚でわかる。尻たぶではなく、尻の奥が熱い。

「熱いんです……」

さっきの甘えた気持ちがまだ残っており、素直に口に出してしまう。静の舌ったらずな訴えに、櫛田が眉根を寄せた。

「……催淫効果が強いな」

呟いて、スラックスを穿いたままの尻をぐっと割るようにし、奥の窄まりを指で突く。

「アッ」

まさに疼いていた箇所をぐっと刺激され、静は声を上げた。すると櫛田が、目の前で唇を噛む。何かを逡巡するような気配のあと、櫛田は静のベルトのバックルに手をかけた。

「膝で立って。手は僕の肩に」

言われるままに膝立ちになり、櫛田に掴まると、カチャカチャとベルトが外され下着ごとスラックスが下ろされる。櫛田は露わになった尻の間に、躊躇なく指を挿し入れた。

「あ……っ？」

「熱いな」

ぬめりを纏った指が、ずぶずぶと出し入れされる。そんなもの入るはずがないのに、そこは違和感なく櫛田の指を受け入れていた。何故そこが濡れているのだろう、とどうでもいいようなことに思考が現実逃避するが、櫛田の手元にハンカチがあるのが見えてこのぬめりはさっき自分が放ったものだと気づく。

「アッ、アッ」

「気持ちいいか」

疼いていた箇所を的確に刺激され、静はこくこくと頷く。それに、身体に腕を回され、抱きしめられているような姿勢は、さっきより櫛田を近くに感じられて嬉しい。

「気持ち、いい、いいですッ」

素直に叫ぶと、熱に霞んだ視界の中で、櫛田が薄い唇を舐めたのが見えた。

櫛田も興奮している。そう感じると、また新たな欲望が膨れ上がった。

もっと、櫛田を感じたい。

目の前の身体に胸を擦りつける。櫛田の身体も熱い。櫛田の熱をもっと確かめたくて股間に手を伸ばすと、昂ぶりを感じることができた。

「っ、何を」

櫛田が息を詰め、静の身体を引きはがそうとする。けれど静は櫛田の身体にしがみつき、離さなかった。

「羽田君、だめだ」

駄目ではないのは、触れていれば分かる。

この男も欲している。

そう思ったら、止められなくなった。

どうすればいい？　さっきは何と命令された？　――そうだ。

「ほ、しい」

「……え？」

なりふり構わず、静は櫛田の腰に縋り付いた。

「くだ、さい。おねがい、し、ます」

もつれる指で櫛田のベルトを外しにかかる。

けれどその手を掴んで止められてしまい、それでも諦めきれずにじたじたともがく。

伸びあがって櫛田と顔を合わせ、さらに懇願した。

「もっと、ほしい、くしだ、さ」

「こら、はねだ……んム」

闇雲に唇を押し付けると、うまく櫛田の口を塞ぐことができた。

興奮して舌先で櫛田の薄い唇を舐めると、彼が息を呑んだ。唇を合わせたまま「おねがい」と繰り返すと、次の瞬間、櫛田の舌に口内に侵入される。

「んっ、ふ」

自分と同じくらい熱い櫛田の舌に舌を搦めとられ、吸われ、情欲がいや増した。身体に力が入らなくなり櫛田にしなだれかかると、両肩をぐっと押し返される。

「くしださ、くしださん……ッ」

離れていってしまう、と縋り付くと、櫛田の舌打ちが聞こえた。

「クソ」

捨て鉢な声と共にぐっと腰を掴まれ、伸し掛かられる。

脚を割り開かれ、濡れた穴に昂ぶりが押し当てられた。

組み敷かれ、征服される感覚に、身体が歓喜する。

「あ……ッ」

膝が床につくほど身体を折り曲げられ、天を向いた穴に櫛田の性器が押し入ってくる。

ずぶずぶと熱を沈められるのは、目も眩むような快感だった。

一度全長を収めきると、櫛田は何かを吹っ切ったように性急に動き始めた。

中に強く突き入れられると、身体が軋んで視界がスパークする。

――欲しい、欲しい、手に入れた、もっと
「あっ、あっ、あっ、あっ」

もっと強くても、痛くてもいい。欲しい。

与えられた熱が身体中を満たし、腰の奥でうねる。

冷たい目をした男を手に入れ、脳髄(のうずい)が蕩けだすほどの快感を味わっている。

触れられぬままの性器が、限界を示して震えだす。

激しく腰を打ち付けられ、揺さぶられながら、射精と同時に静は意識を手放した。

その日、静は診察室のやたら凝ったデザインの革椅子に座っていた。三日前、あの嵐のような行為のあと、目を覚ました時には警察病院にいた。そこで一通りの検査を受け、身体に異常がないことを確認されたうえで、静は対人被支配性向――つまりサブとして覚醒した可能性がある、と診断を受けたのだった。

静が浴びたのはやはりアポロだった。アポロは服用者を一時的に疑似ドム、疑似サブにする効果を持つ。D／Sでない人間――区別のためニュートラル、Nと呼ばれる――が服用した場合、薬の効果が切れればNに戻る。しかし、潜在的にD／S傾向が強い人間がアポロを服用した場合、服用をきっかけにドムやサブとして覚醒してしまうことがあるのだという。

アポロの効用が完全に消滅したと判断される服用から七十二時間後である今日、静はクリニックで改めてD／S性向を測定するテストを受けた。長い質問票に答え、脳波を測定し、血液を採取された。その結果を今、待っているのである。

真っ白な壁に床、白い革張りの椅子とガラス製のデスクという妙にしゃれたインテリアに囲まれ、静は若干苛立ちながら腕時計を見た。いつまで待たされるのか。サブに覚醒したなんてこと、あるわけないんだからとっとと診断を終わらせてほしい。

気を紛らわそうと、真っ白な部屋を見まわす。診察台なども置かれてはいるが、この部屋は診察室というより応接室みたいだ。都内では数少ない、カウンセリングも行うD／S

専門の診療クリニックと聞いたが、そんなに儲かるんだろうか。

下衆な勘繰りを始めたところでようやく足音がする。水色のファイルを手に入ってきた医者は、柔和な笑みを浮かべて静の向かいの椅子に座った。

緩くなでつけた髪には白髪が混じっているが、まだ四十代半ばといったところか。銀フレームの眼鏡が知的で硬質な印象を与える。始終柔和な笑みを浮かべているのは、患者を萎縮させないようにという配慮なのかもしれない。

「はじめまして、君塚といいます。D／Sの方の診察を専門にしています。羽田静さんですね。D／Sに関する検査を受けられたのは初めてだとか。緊張されました？」

「いえ……」

前口上なんかいい、とにかく早く結果を聞かせてほしい。膝に置いた拳を握りしめると、それに気づいたのか、君塚はふっと口元を緩めた。

「まずはD／S性向テストの結果をお伝えしますね。Dスコア四十二点、Sスコア八十九点。羽田さんは、サブということになります」

君塚の言葉は明瞭で、聞き間違いようはなかった。

「このD／S性向テストで、四十点以上がドム、サブと判断される値です。二十点から四十点の間は境界例と呼ばれまして――」

「……俺は、サブなんですか？」

すらすらと続く説明がろくに頭に入って来ず、呆気にとられたままそれだけを聞いた。

君塚は微笑みで静の視線を受け止めたあと、手元のカルテに視線を落とした。

「そうですね。Sスコアが九十点近いですから、間違いなくサブに分類されます。ただSスコアがこの高得点で、Dスコアも四十点超えというのは珍しいですね。自分では、どちらかといえば支配したいタイプだと思っていたりしませんでしたか？」

「はあ……」

驚きすぎているのか、まともな返事ができない。

君塚はカルテをデスクに置くと椅子から身を乗り出した。

「Dスコアも高いサブの方というのは、自分の欲望を自覚しにくい、自覚してもその欲望を否定してしまうことが多くて、サブとしての覚醒が遅いことが多いです。一言でいえば、我慢強い。強い衝動を、自分で無理やり抑え込んでしまう」

言葉とともにじっと目を見つめられるが、うまく視点が合わない。

「このタイプの方は、覚醒後もなかなかサブとしての自分を受け入れられず、発散や症状抑制に問題を抱えがちです。D／Sは誰もが持ちうる性向の一種であり、恥ではありません。あなた自身に何も落ち度はない。これを意識してください。ゆっくり、時間をかけていいですから」

君塚は左手を持ち上げて腕時計を静に示し、人差し指でフェイスの縁をぐるりと一周なぞってみせた。妙に芝居（しばい）がかった仕草ばかりが目につき、会話の内容が頭を素通りしていく。

「これからあなたは、サブとしての欲求と長く付き合っていくことになります。必要なのは発散と抑制。これらを適切に行っていけば、あなたの生活はより豊かになりますよ」

ユタカ、ユタカって何だっけ、この医者は何を言っているのか。

「もちろん、良い相手が見つからないこともありますし、過度な欲求は身体にも負担になる。ですから、静養や抑制剤の服用で欲望を適度に管理することも必要です。羽田さんは警察にお勤めですよね。羽田さんの生活に合った方法を一緒に考えていきましょう」

「警察」という単語を聞いて、静の意識は急にはっきりとした。

そうだ、仕事。サブに覚醒したことで、仕事はどうなる。D／Sにかかわる部署で、サブの自分はきちんと仕事ができるだろうか。いや、そんなことよりも。

美濃和勇造の息子が、サブに覚醒。

周りの人間がそう囁き交わすのを想像しただけで、目の前が真っ暗になった。

やっていけるわけがない。これまで以上に好奇の目に晒されて、サブというハンデを背負って。あの男だってサブになった息子など、いらないのでは。

そう考えると、脈が急に速くなり、心臓が上へ上へとせり上がってくるような感じがして、静は胸を押さえた。苦しい。

「っく」

「羽田さん、どうしました？」

ぎゅっと目を瞑り、落ち着け、落ち着け、と繰り返す。

静は一度空気をごくんと飲み込むと、やっとの思いで口を開いた。

「何とか、これまで通り仕事を続けたいんですが」


クリニックを出る頃にはすでに夕方になっていたが、本部へ顔を出し、本村に報告すると、予想に反して反応はあっさりとしたものだった。「じゃ、基本的には問題ないんだな」の一言で話を切り上げられ、呆気にとられて「はあ」と間抜けな返事をしてしまったほどだ。今日はこのまま帰って休めと言われたが、メールだけ確認しようと静は自席へ足を向けた。

室内は相変わらずがらんとしている。そのなかで一人デスクに向かう櫛田とすぐに目が合って、静は舌打ちしたい気分だった。

彼の存在が頭から抜けていたなんて、やはり今の自分は普通ではないらしい。これからだって毎日顔を合わせるだろうが、美しく支配者然とした櫛田の姿は、今日だけは目にしたくないものだった。回れ右して帰ろうか、いや、それではあまりに露骨か、と逡巡していると、櫛田の方からこちらへ歩いてくるのが見えた。

「今日は休みと聞いていたが」

「……報告に寄ったんです」

　あんなことのあとで、どういう顔をすればいいのか分からない。ぎこちなく目を逸らし、何か都合よくこの会話から抜け出す術がないかと探す。櫛田は気まずくないのだろうかとちらりと顔を盗み見るが、そこにあるのは相変わらずの無表情だった。

　正直、最中のことはあまり覚えていない。ただ、興奮しきってこの男を求めた。そして、この男も最後には興奮し、自分を——抱いた。その熱を思い出せば、平静ではいられない。しかし今、目の前に立っている櫛田からは、そんなことがあったなんてまるで信じられないほど、何の感情も窺えない。

　彼にとっては取るに足らない出来事だったか、あるいはさっさと忘れ去りたい、忌まわしい記憶かのどちらかなのだろう。

「検査結果が出たのか」

「……ええ。サブでした。あの、迷惑をかけてすみませんでした。俺の不注意であんなことになって、どうお詫びしたらいいか」

　逃げることを断念し、静は背筋を伸ばして謝罪した。櫛田に迷惑をかけたことには間違いない。彼からすれば、急に発情したサブに襲われたも同然なのだ。

「いや、僕の見立てが甘かった。適応からの発情が起こる可能性を十分考慮すべきだった。

応急処置に時間を取らず病院へ直行していれば、抑制剤が打てたかもしれない。そうすればあんなことにはならなかった。責任は僕にある」

冷ややかな叱責を覚悟していた静は、意外な答えに目をぱちぱちと瞬いた。

「まさか、櫛田さんの責任なわけ、ないですよ……」

「突然の覚醒で何か分からないことや不安があれば、相談に乗る」

今度こそ聞き間違いかと思い、まじまじと目の前の男の顔を見る。櫛田はおよそ、相談を持ち掛けたくなるタイプではない。自分が話しやすさとは対極にいる人間だということに、気づいていないのだろうか。

「……相談ならクリニックの担当医にするので、大丈夫です」

「そのクリニックは、警察病院で紹介されたところか」

「はい。D／S専門の診療科があって、カウンセリングもやってくれます」

「担当医はNだったか？」

矢継ぎ早に色々聞かれて、だんだん尋問を受けているような気分になる。変なことを確認するのだな、と思いながら静は答えた。

「そう言っていたと思います」

「……そうか。念のため言っておくが、覚醒直後のサブは、誰からの支配も受けやすくなる。カウンセラーというのはえてして患者に影響を与えるものだが、D／S診療は始まったばかりの分野で熟練の医者というのはまだいないから、十分注意した方がいい」

「はあ……」

　少し考えて、静はようやく櫛田の言いたいことを察した。要するに櫛田は、静がその医者に支配されないよう注意しろと警告しているのだ。

　さきほど相談に乗ると言い出したことといい、急に保護者のように振舞う櫛田に戸惑う。

「それで、しばらくは静養するよう指示が出たと思うが。業務の引継ぎはどうする」

「いえ、担当医から就業を続ける許可をもらいました。本村課長にも報告済みです」

　答えると、櫛田が微かに眉根を寄せた。そして長い指で顎をなぞる。彼の眉間に皺が寄ると、それだけで次に何を言われるのだろうと身体が強張ってしまう。

「君、恋人か、あるいはD／Sとしてのプレイにつきあってくれるような相手はいるのか」

　沈黙の末の単刀直入な質問の意図を察して、静は舌打ちしたい気分になった。

　D／Sとして覚醒してしまうと、定期的に発情が訪れ、身体がプレイを欲するようになる。その発情を放置すればやがて体調に異変を来すほか、抑鬱傾向を生じ、過度になるとドムであれば他害、サブであれば自傷に陥ってしまうケースが見られるという。

　だから発情を適度に発散するためのプレイ相手が、どうしても必要になってくるのだ。

　君塚の説明が苦々しく脳裏に蘇る。

『D／Sというのは本来、相手があって初めて覚醒を迎えるものなのです。D／Sの素養を持つ人は、たいてい思春期ごろから自分の欲望を自覚し始めますが、実際にD／Sとして覚醒するのは自分と極めて性向合致度の高い相手と出会ったときなのです』

覚醒をしたもの同士は、プレイの嗜好や発情の頻度などが合いやすく、大半のD／Sがその相手とプレイをするようになるという。

『しかし、今回のようにドラッグによっていわば強制的に覚醒させられた場合には、相手がいない。抑制剤で発情をコントロールしつつ、相性のいい相手を探す必要があります』

話の主旨を理解した時、静は乾いた笑いを漏らした。たとえ自分にサブの素質があったとしても、相性のいい相手に巡り会わなければ、一生普通に生きられたかもしれないのに。仕事上のアクシデントで目覚めてしまうなんて、なんて運が悪いのか。

『っていうか、おかしくないですか。ほとんどのD／Sが覚醒相手とプレイするんなら、俺が相手を探すことなんてできないですよね』

サブとして生きる気なんて毛頭ないからいいけれど、と思いながら質問した静に、君塚は嬉しそうに説明を続けた。

『実は、D／Sには覚醒のほかに「本覚醒」と呼ばれる特殊な覚醒があるんです。この本覚醒が起こると、D／Sパートナーはほぼ固定されます。パートナー以外のD／Sに魅力を感じなくなり、その相手以外とはプレイしても発情が発散されない。サブであれば他のドムに支配されにくくなります。この本覚醒を迎えたカップルが関係を解消することはほとんどありません』

その一方で、世のありふれた恋愛がそうであるように、本覚醒を迎えていないカップルは別れることも珍しくないらしい。一度フリーになれば誰もがまた新たに相手を探すわけで、静はそれと同じ状態と言える。また、抑制剤で症状を抑えて普通に生活し、D／Sでない相手と結婚する例もあるという。

『この本覚醒のメカニズムはまだ解明されていない。他のドムの支配を受け付けなくなるというサブの状態は、通常のプレイでも強い支配があれば発生するんです。けれどそれがずっと続くのが本覚醒で、特殊なフェロモンが関係しているとする説もありますが、証明はされていない。だから本覚醒は、神秘的とか、運命、なんて言われているんですよ』

君塚の説明は滔々（とうとう）と続いた。本覚醒を迎えているD／Sは、全体の一割にも満たないらしい。運命だか何だか知らないが、覚醒相手もいない自分には関係のない話だ、と静は思った。

そして現状、プレイを頼めるような相手すらいない。

「……いませんが」

しぶしぶ答えると、櫛田の切れ長の目がすうと細められた。

「それでは、プレイで発散できないということになる。君はまだ身体が抑制剤に慣れていないから、そんなに強い薬は服用できないだろう。発情が来たら鎮静剤や睡眠薬を併用して静養する他はないから、その間の就業は不可能だ」

「君塚先生は、俺が仕事を休みたくないと言ったら、現在はひどい症状は出ていないし、まずは軽い抑制剤を服用して様子を見ようと言って下さったんです。状況によっては注射剤も併用できると言われましたし」

　君塚は静の話を熱心に聞き、仕事を続けられるよう投薬計画を練ってくれた。そのプランを本村に説明したところ、こちらが拍子抜けするほど簡単に受け入れられたのだ。

「注射など、常用はできない。覚醒直後というのはただでさえ不安定なものだ。しかも君は薬によって強制的に覚醒させられた状態で、発情の周期も強度も不明で、何が起こるか分からない。そのことを理解しているのか？」

　櫛田はなおも無表情だが、語気が強くなっている。心配されているというよりはさげすまれているように感じ、静は拒絶感を覚えた。櫛田はどうしてこんなに干渉してくるんだろう。一度プレイをしたからといって、パートナーになったわけでもないのに。

「クリニックでも散々説明は受けました。けど、今は特性対の立ち上げに重要な時期ですし、できる限りこれまでと同じように仕事がしたいんです」

「大人になって覚醒した者は大抵そう考える。でも君は明らかに、覚醒前とは違う身体になっている。怖くはないのか。君は……」

　そこでようやくこちらの困惑を感じ取ったのか、櫛田は一度言葉を切った。

人気のない部屋の静けさが耳を打つ。

櫛田から漂う不機嫌オーラを一身に浴びるうち、静はこの男こそが自分を仕事から外したがっているのだと気づいた。どういうわけかサブへの覚醒を本村はさほど気にしていないようだったが、このエリート官僚はサブになった部下をそのまま置いておくのはリスクが高すぎると判断したのだろう。

その考えは分からないではないが、従うわけにもいかない。

「本村課長には報告しましたし、許可も貰いました。自分の身体は自分できちんと管理します。櫛田さんの迷惑にならないように、仕事も今まで以上にしっかりやりますから」

「僕の、迷惑？」

静の言葉を遮った櫛田は、わずかに右眉を跳ね上げた。迷惑で済むと思っているのか、ということだろうか。反論できず黙り込むと、一際冷ややかな声が響いた。

「君とのペアは解消を検討するよう本村課長に申し入れる。さっきも言ったように、覚醒直後のサブは不安定で支配を受けやすい。僕は症状を抑制してはいるがドムだから、君とペアでいるのは好ましくない」

静はきゅっと唇を噛んだ。それがエリート官僚のリスク管理術というわけか。

こっちだって捜査経験ゼロの相手と組まされるのなんて、最初からごめんだった。

「……分かりました」

はっきりと返事をすると、櫛田が何か言いたげに息を吐く。もう話すことはない、と足を踏み出し長身の脇をすり抜けると、背後から声がした。

「僕は十九歳で覚醒した時、怖くて仕方なかった」

独り言のような呟きに反射的に振り返る。しかし櫛田の背中はすでに遠ざかっていた。


覚醒からの一週間は、何事もなく過ぎた。ただ一日三回、一度に二錠と決められた抑制剤の甘ったるさだけが、自分がサブになったことを思い出させる。

発情の気配は全くない。覚醒してから最初の発情は予期し辛いと君塚は言っていたが、もしかしたらこのまま永遠に、発情なんてしないかもしれないと思えるほどだ。いっそ、何もなかったことにできないものか。

午後二時、自販機の前で抑制剤のシートを指先でもてあそびながら、静はそんなことを考えていた。デスクでこれを飲んでいるところを誰かに見られるのは気まずくて、いつも給湯室まで来ている。サブに覚醒したことが部内に通知されて以来、他の捜査員からの視線はがらりと変わった。何かと雑談に来ていた三好も筒井も、ぱたりと寄り付かなくなった。もともとやっかみの視線を向けてきていた者たちは、サブに覚醒しても特性対を外されないのは、美濃和の息子だからだと嬉しそうに陰口を叩いている。

結局、櫛田とのペアは解消にならなかった。本村は何も言わないが、櫛田と引き離したところで組ませる相手が見つからなかったのだろう。櫛田はそのことについては言及しなかった。暗黙の了解のように互いに距離を取り、必要最低限の会話で仕事をこなしている。

それでいい、と静は状況を受け入れていた。ただ、相変わらず無表情な彼の横顔を見ていると、時折あの言葉が頭を過る。

覚醒が怖くて仕方がなかったと櫛田は言った。彼が何かを恐れるところなんて、想像がつかない。ドムと判明したところで、むしろ生まれてこの方他人を支配するのが当たり前だと思っていそうな男だ。だから、まるで秘密を告白するように告げられた、あの一言が妙に耳に残っていた。

そのせいか、抑制剤を飲むたびに櫛田のことを考えてしまう。今日もまた、あの仮面のような美貌が頭に浮かんで、静は眉間に皺を寄せた。あんな男の内面なんて、分かるはずがない。考えるだけ無駄なのに。

水を買おうと尻ポケットから財布を取り出していると、廊下から聞き知った声が響いた。

「何だお前、いたのか。おつかれさん」

新井と顔を合わせるのは久しぶりだった。以前と変わらず声をかけてくる新井に、少しほっとする。

「新井さん、お疲れ様です。捜査の方はどうですか」

「駄目だな。売人はぽろぽろ挙がるが、誰も何の情報も持ってねぇ。連絡手段も運び屋もコロコロ変わって、組織なんて存在しないんじゃねぇかってくらい姿が掴めない。麻取の連中も、こんな捜査は初めてだって言ってる」

　ストレスが溜まっているのか、新井はぺらぺらと捲し立てた。

「『エース』についてはどうです？」

『エース』というのは今現在、特性対が最優先で追っている元締めらしき人物の呼び名だ。運び屋を通してアポロを届けてくるのが『エース』というボス的な存在だと証言した売人が数人いたため、その存在を確認しようと皆が躍起になっている。

「全然、全く、成果ゼロ。今日の会議で報告することがねーって皆ピリピリしてる。……お前はさすがだよ。捜査初日に聞き込みもしねぇで車両発見。使ってたやつが『エース』ってセンもある。そうなりゃ大手柄だ」

　特命によるあのワゴン車発見を、捜査進捗の捗々しくない地取り班と情報班が面白く思ってないことは知っている。静は控えめに応じた。

「ナンバーから判明した所有者のところに話を聞きに行ったんですけど、収穫なしでした。車は知り合いにもう何年も貸しっぱなしで、自分は何も知らないの一点張りです。嘘をついている感じでもないし、薬物検査も白。車両から出たＤＮＡとも一致しないし、前科もない男で、どうにもなりませんでした」

「持ち主は若いトラック運転手だったんだっけか。誰に貸してたって？」

「それが、頑として答えませんでした。貸した相手を言わないってだけじゃ引っ張っては来られないですから、粘りましたけど、追い返されました」

「その涼しい面で押し問答して追い返されるとこ、見たかったな」

くくく、と笑いながら新井が尻ポケットから財布を取り出した。

「お前が思ったより全然フツーで、安心したわ」

ちゃり、ちゃり、と自販機に小銭を押し込みながら、何気なくそう口にする。

静は知らず、俯いた。

「……サブに覚醒したって言っても、抑制剤飲んでたら今までと何も変わりませんよ」

「ま、そうだよな。仕事中に発情されたりしたらこっちもたまんねーし」

冗談めかして言った新井は静の肩を叩こうとして、途中で手を止めた。そして結局、誤魔化すようにペットボトルを取り出し、去っていく。

彼の足音が完全に聞こえなくなってから、静は握ったままだった抑制剤のシートを取り出した。今度こそ水を買い、決められた二錠を口に放り込む。その時ふと、新井の言っていた会議の予定が頭を過った。覚醒して初めて、本部の全員が揃う場に出る。

今、発情の予兆は感じない。けれどももし、会議中にそれが起きたら。急に何もかもが恐ろしくなる。

まだ残りのある抑制剤のシートを瞬きもせずに見つめていると、しんとした給湯室に自販機のモーター音だけが響く。

「……念のため」

誰にともなく呟いて、もう二錠を取り出し口に押し込むと、静は給湯室の冷たい壁にもたれた。

気が滅入る。あの時ドラッグを浴びた自分の不用意さ、腫れ物に触るような周囲の態度、この抑制剤の不快な甘ったるさ。いつ訪れるともしれない、発情への恐怖。

こんな状態が、あとどれくらい続くのか。

考えがまとまらない。自販機のモーターが、ジジジとやけにうるさいせいだ。席に戻ろう、と背中を壁から浮かすと、ぐらり、と視界が揺れた。

「え……?」
ジ、と耳の中の音がさらに大きくなる。自販機の音かと思っていたそれが、耳鳴りだと気づき、肌がぞわりと粟立った。途端に、足元の地面がぱっくりと割れ、立っているのに落下していくような感覚がある。
この世界にたった一人になる恐怖。

誰でもいいからすがりたい。経験したことのない圧倒的な孤独感に襲われる。

まさかこれが、サブの発情か？

こんなの、この前アポロを浴びた時には感じなかった。あの時はただ、「欲しい」だけで。どうしよう。どうすればいい。

こんなところで助けを求めて、救急車でも呼ばれようものなら、庁内中の人間に自分はサブだと宣伝することになる。美濃和勇造の息子が、庁内で発情。洒落(しゃれ)にもならない。

助けてほしい。いや、駄目だ。自分で何とかしなければ。いつもそうしてきたように。歯を食いしばり、嵐をやり過ごす。

でも、誰かにそばにいてほしい。せめて手を、握ってくれれば——。やばい、足音がする。隠さなきゃ。病院には行きたくない。

「羽田君？」

その時聞こえた声が誰のものか、認識する前に静の意識は途切れた。


舌が甘い。いつの間に飴を食べたんだっけ。

飴？　飴なんて食べていない。あの飴はいつの間にどこかへ行ってしまって。

いや、あった。ポケットの中で潰れていた。良かった。失くしていなかった。

口の中に飴を入れる。ざら。甘さを予期していた舌がひくりと震えた。

おかしい。飴がまるで砂のようにさらさらとほどけ、喉を覆いつくす。

『吐き出すんだ』

突然、誰かが怒鳴る。恐ろしい声だ。どうしよう。苦しい。

一粒の飴が無限に砂に変わっていく。

『吐け』

この声は、まさか。はっとした静は、そこで唐突に目を覚ました。うつぶせに寝ていて、手がシーツを痛いほど掴んでいる。ぼんやりとシーツを離したところで気づいた。清潔なシーツのパリっとした手触りと身体を受け止める重厚なスプリングは、明らかに自分の部屋のものではない。

「え？」

なぜホテルで寝ているのか、分からなくて跳ね起きる。するとそこが六畳ほどの寝室であることが分かった。

セミダブルのベッドのほかにはベッドサイドに革張りの椅子、小さなチェストがあるだけのシンプルな部屋で、ベッドはやたら上質だが、ホテルのようではない。

「え……？」

慌てて眠る前のことを思い出そうとし、給湯室での恐怖を思い出す。誰かの声を聞いた気がする。あの声は、まさか。

焦って身体を見下ろすと、ジャケットを脱がされ、タイとベルトを抜かれてはいるが、気を失う前に着ていたスーツのままだった。あの後ここに運ばれ、ずっと眠っていたのか。

ひとまず、静はベッドから降りた。廊下に出て周囲を見回すと、右のつきあたりには玄関があり、きっちりと二足の革靴が揃えて置かれている。片方は自分のものだ。そしてもう片方のよく磨かれて艶のある革靴にも見覚えがある。櫛田のものに違いなかった。ということは、ここは櫛田の家か。でも、どうして。

静は廊下のもう一方のつきあたりのドアを振り返った。ぐずぐずしていても仕方ない。廊下を進み、ドアを開けると、朝の光と共につややかな緑が視界に飛び込んできた。左右に広がる広々としたリビングは、シンプルだった寝室と比べ、物が多い。というか、緑が多い。サイズや色、葉の形が様々な観葉植物が、あちこちに置かれているのだった。

ここは本当に櫛田の暮らす家なのだろうか。静は違和感に眉をひそめた。櫛田なら、コンクリート打ちっぱなしの部屋で、金持ち丸出しのモダンな家具に囲まれているのがぴったりくるのに。いや、よくよく見ると家具はモダンなものばかりだが、植物の多さがそれを感じさせないのだ。

「そろそろ枝、切ってやらんとあかんな」

部屋の奥から急に声が聞こえて、静はびくりと肩を震わせた。

確かに櫛田の声だが、声の調子がいつもと違う。しかも誰かと、話をしている。なぜか忍び足になって部屋を覗き込むと、また声がした。

「君、元気になったなぁ」

シャツとスラックスを身に着け、既に出勤前といった様子のさっぱりとした姿の櫛田がそこには立っていた。しかしなぜかシャツを腕まくりした右手には大きな水差し、左手には霧吹きを持っている。

まろやかな関西の言葉を操っていた櫛田が、ふと何かに気づいたように水やりの手を止めて振り返る。ぽかんとした静としばし見つめ合った櫛田は、やがて落ち着き払って口を開いた。

「おはよう」

「……関西のご出身なんですか？」

今、植物に話しかけていましたか、とは聞けず別の質問を選ぶ。

本来は、ここは櫛田さんの家ですかとか、何故俺はここに、などと聞く予定だったのだが。

「そうだ」

あっさりと関西弁を引っ込めた櫛田は、短く言って再びこちらに背を向けた。そうして、水やりを再開する。

「植物……お好きなんですか」

「そうだ」

櫛田は霧吹きと水差しを使い分け、慣れた様子で植物の世話をしている。垣間見える横顔は相変わらずの無表情で、なぜ自分が水やりなどしなければならないのか、とアテレコしたくなるような顔つきだ。けれどさっき、まるで愛しい我が子に対するような口調で語りかけていたことからすれば、間違いなく好きなのだろう。

もしかしたら自分がいるせいで仏頂面（ぶっちょうづら）なのかもしれない、といかにもありそうな理由を思いついてしまい、静は急に居心地が悪くなった。

「櫛田さん、あの、俺……昨日、どうしたんでしょうか」

突っ立ったままそう聞くと、腕を伸ばして高所にある葉に水を吹きながら櫛田が答える。

「君は倒れた。病院に連れて行く途中で意識を取り戻し、病院には行かないと言い張った。だからここへ連れてきて、応急処置をした」

「え……？」

簡潔な櫛田の説明に、静は顔を歪（ゆが）めた。何も覚えていない。

櫛田は動揺する静の前を横切り、キッチンカウンターの端に水差しと霧吹きを置く。

「最初は君の家に行ったが、あの環境では休めると思えなかった。近くの工事がうるさくて」

「あ、ああ、たしかに今脇の道路が整備中で……」

ということは、一度は家へ連れ帰ってもらえたらしい。そんな記憶もないぐらいだから、櫛田にどれだけ迷惑をかけたか想像するだけで恐ろしい。

冷や汗をかく静の前で、櫛田は腕まくりしたシャツを元に戻しながら淡々と続けた。

「玄関には埃が溜まっていて、ゴミ袋が積まれていた。他の部屋も掃除がされていなかったし、冷蔵庫は空。シンクは綺麗だったがあれは使っていないからだな。ベッドには上掛けが一枚だけ。それも、洗濯を頻繁にしているようには見えなくて。あれでは、まるで」

「ちょ、ちょっと！　ストップ！　もういいです！」

次々と欠点を指摘する櫛田に耐え切れなくなって静は待ったをかけた。

家事をマメにする方ではないけれど、そこまで言わなくてもいいのにと思う。

「君は職場では非常にきちんとしているし清潔感もあるから、意外に思った」

散々貶（けな）しておいてフォローされても、と思うが、今はそれどころではない。

何もかも理解できないが、確かなのは櫛田が倒れた自分の世話をし、病院へアパートへと振り回された挙句（あげく）、自分のベッドまで提供して介抱してくれたらしいということだった。

いつも冷淡で、人を見下している男のしたこととは思えない。櫛田でなくても、サブに覚醒した部下の厄介ごとになんて、できるだけ関わらないようにするのが普通だろうに。

促されてダイニングテーブルの前の椅子に腰かけると、向かいに座った櫛田の無表情がいつにもまして恐ろしく感じられた。

「……応急処置って、何をしてくれたんですか」

「市販の鎮静剤と鉄剤、ビタミン剤をいくつか飲ませた。君の服用している抑制剤の効果を中和するために」

その言葉にはっとして櫛田を見ると、冷ややかな瞳がじっとこちらを見つめている。

「君の症状は、軽度だが明らかに抑制剤の急性中毒だった。担当医に指示された服用量を守っているか？」

もっともな問いに身体が強張った。言い訳を探すが、咄嗟には見つからない。

答えられずにいると、櫛田が小さく息を吐いた。もともと、過剰摂取をほとんど確信していての質問だったのだろう。

「すみません。大変な迷惑をおかけしました。全体会議にも、出られなくて」

静は頭を下げ、きゅっと唇を噛んだ。

勤務を続けるべきではないという櫛田の助言を退け、迷惑はかけないと啖呵を切ったのに、この様だ。冷たい目の奥で、怒りをたぎらせているに違いない。

「タクシーの中で目を覚ました時、君は異常なまでに病院に行くことに拒否反応を示していたが、それはどうしてだ？　病院に苦手意識でもあるのか。あるいは今の担当医と、うまくいっていないとか」

意外な配慮を示した櫛田に、静はますます追い詰められた。本当は腹を立てているなら、ストレートにそう言ってほしい。こんな風に優しくされる理由なんて、何ひとつないのに。

　相変わらず能面のような顔からは、彼の感情を窺うことができない。

「違います。倒れて病院に運ばれたりしたら……大事に、なると思って」

　正直に答えれば、自分の愚(おろ)かさが浮き彫りになる。自分勝手もいいところだ。

「サブに覚醒したこと自体、俺のミスなんです。なんとか、取り戻さないと」

「あれは完全な事故で、君の責任ではない。それに、君は優秀だ。少しぐらい休みを取っても、復帰には何の問題もないだろう」

　あくまで寛容で、諭(さと)すような物言いに、心が押し潰されそうになった。

　そんなことをすれば、これまで築き上げてきたものが、すべて崩壊してしまう。完璧な息子の看板を外したら、何も残らないのに。

「変に気を遣うのはやめて下さい。はっきり言ってもらった方が良いんです。仕事を続けられたら迷惑だって。これ以上、足を引っ張るなって」

「そんなことは思っていない。どうしてそんなに自分を追い詰める」

　櫛田はどこまでも落ち着いている。あまりのかみ合わなさに、張り詰めていた糸がぷつんと切れた。

「っ、櫛田さん、最初に言ったじゃないですか。俺が、あの男の息子だからですよ。俺が美濃和勇造二世だって、警察じゃ知らない人間はいない。サブになって庁内で倒れるなんて許されないんです。櫛田さんみたいな人には分からないでしょうけど」

吐き捨てると、部屋に沈黙が満ちた。

哀れな、と同情でもされただろうか。それが一番いやなのに。

生粋(きっすい)のエリートでドム。何があっても悠然と構え、自分を貫いていられる。そんな奴に、分かるはずがない。

膝の上で拳をぎゅっと握りしめると、聞きなれない響きがぬるりと耳を撫でた。

「君はどうして、警察官になったん」

唐突な関西弁は、妙に芝居がかって聞こえた。

「……あの男が、そう決めたからです」

「特性対への異動は？」

「それもあの男が決めたことだと思います。俺には、直接は何も言いませんけど」

俯いたまま、苛々としながら静は答えた。いつだって秘書に言わせる。警察の人間だって躊躇なく使う。そうやって、手の届かない存在でい続ける。あの飴の味は分からない。

「じゃあ君は、美濃和議員が死ね言うたら死ぬんか」

「……は？」

「誰か殺せ言われたら殺すんか」

小馬鹿にしたような物言いに、頭に血が上った。

人を殺すわけないし、あの男のために死んでなんかやるものか。そういう話じゃない。何も知らないくせに。

怒鳴ってやろうと顔を上げ、その目を睨み返した静は、何故だか声が出せなくなった。

櫛田の目が、心の奥の奥まで、見通している気がした。深すぎて、自分でも気づかなかったようなところまで。

どうして。こんな奴に、何も分かるはずないのに。

静かにこちらを見つめる瞳から、目を逸らせない。

「君は、君や」

目を見て呟いた声が、ひどく柔らかく耳に響いた。

優しい。声も、視線も、言葉も。そう感じた瞬間、感情が膨れ上がって、胸が詰まった。

「……っ」

優しさに飢(う)えていた、弱くて臆病(おくびょう)な自分が顔を出す。

――ずっと、逃げ出したかった。あの男の完璧な息子でいること。勝ち続けること。あの男の支配から抜け出せない、卑屈な自分から。

小学生の頃ならいざ知らず、今はもう、どんな道だって自分で選べる。そのはずなのに。

「羽田君?」

「でも、だって、俺が……やめたら……あの男が……」

もともとひどく脆い家族が、完全に崩壊してしまう。

自分があの男に認知されたことを、母はとても喜んでいた。月に数度、三人で過ごす時間には、普段から想像がつかないほど元気になった。「家族」は母の夢だった。

あの男が「息子」に何かを求める限りは、家族でいられる。あの男の不機嫌に怯えながらも、ほんの時折訪れたあの陽だまりのような時間が、いつか再びやってくるかもしれないから。

もう二度と起こりえないと、本当は分かっているのに、待ち続けている。

あの飴の味を、夢に見るほどに。

「うっ、く」

言葉が詰まって吐き出せない。こんな感情が自分の奥底に沈んでいたなんて、知らなかった。うまく息ができなくて、苦しい。

「落ち着き」

パニックになっていると、突然頭上から声が降ってきた。

向かいに座っていたはずの櫛田が、いつの間にか背後に立っている。

「ゆっくり息しぃや」

声と共に、そっと肩に手を置かれた。

「いち、に、さん、よん」

赤子をあやすようにゆっくりと、櫛田が数字を唱え始めた。無我夢中でそれに合わせて息を吸い、吐く。

いち、に、さん。数える声と共に、大きな掌がそっと背中を撫でる。

そのぬくもりを感じてただ息をしていると、不意に視界が歪んだ。何を思う間もなく水分が瞳の縁に盛り上がる。それはあっという間に頬を伝い、ぽたぽたと顎から滴るほどになった。

「優しく、しないでください……」

引き攣る喉からこぼれたのは、まるで自分のものとは思えない、弱弱しい声だった。

これ以上優しくされると、恥も外聞もなく、すがりたくなってしまう。これは、自分がサブで、櫛田がドムのせいだろうか。それとも。

「……せざるを得んやろう。昨日も、あんなになって、ひとりで倒れとって」

「っ」

背中を撫でる手が止まり、櫛田の指が頬に触れた。

「ツンとしてる思たら、今度はこんな、子供みたいに泣いて」

驚いて硬直していると、その指の腹で涙を拭われた。

面積にすれば、ほんのわずかな接触。その指先の意外な温かさに、言葉を奪われる。

静はあっけにとられ、されるがままでいた。

触れられた衝撃にも、涙は止まらなかった。二十九年分の鬱屈があとからあとから溢れ、櫛田の指を濡らす。

もはや恥ずかしいという感情は消えていた。ただ、誰かに涙を拭ってもらえることが、ひどく心地よい。本当に、子供に戻った気分だった。

「喉、渇いたやろ」

やがてぽつりとそう言って櫛田が手を離す。永遠に溢れ続けるかに思えた涙が、いつのまにか止まっていた。

櫛田は席を立ち、カウンターキッチンへと入った。

泣き疲れて瞼を伏せると、カチャカチャと食器のぶつかる音が聞こえ始める。誰かが、自分のために何かを用意してくれる音。感情が流れ出して空っぽになった心に、それはひどく優しく響いた。

櫛田はどうやら豆からコーヒーを淹れてくれているらしかった。漂い始めた香ばしい香りにうっとりとしていると、目の前に湯気を立てるカップが置かれる。

再び向かいの席に腰を下ろしコーヒーに口をつける櫛田に、何を話せばいいものか静は迷った。ぱっと見はいつもと同じ無表情だが、その瞳がどんな優しさを湛えるか、既に知っている。

「……どうして俺が給湯室で倒れてるって、分かったんですか」

「君があそこで抑制剤飲んでるんは知っとった。昨日は長い間、戻ってこんかったから」

櫛田の言葉は短かった。けれど彼がどれだけ気にかけてくれていたか分かって、また胸が詰まる。これ以上この男に泣き顔を見られるのはごめんだと思って、敢えて冗談めかして静は聞いた。

「ドムの人って皆そんなに、面倒見がいいんですか」

「さあ。君みたいに危なっかしいサブは、そうそうおらんけどな」

関西弁の櫛田は、いつもより距離が近く感じる。おそらく職場では決して見せない姿を見せてくれているのだろうと思うと、なんだか胸がむず痒くなった。

そわそわとする心を誤魔化すように、コーヒーに口をつける。しっかりと苦味があるけれど飲みやすい一杯を、静はまるで櫛田のようだと思った。

「それで、君はこれからどうするつもりなんだ」

標準語に戻った櫛田に、ここから先は仕事の話だと知らされる。

静はきゅっと唇を引き結んだ。そうだ、当たり前だ。自分とは仕事上の付き合いでしかなく、それ以上関わり合いになる義理は櫛田にはない。

「病院には行きます。でも、仕事は続けさせてください」

咄嗟に、そう答えていた。この仕事はあの男に与えられたものの中で唯一、手放したくないと思えるものだ。

今、仕事を取り上げられたら、本当におかしくなってしまう気がする。

「現状では、休養してもらうしかない。君の無茶を、D／Sの当事者としても、医師免許を持つものとしても見過ごすわけにはいかない」

櫛田の正論に、静はひやりとした。彼が強硬にノーと言えば、自分はプロジェクトから外され、休養させられるだろう。もともと、覚醒が発覚した直後に辞めさせられていてもおかしくなかった。現在はおそらく本村の一存で続投が決まっているにすぎず、櫛田が「今の羽田に勤務は無理だ」と言えば即座（そくざ）に決定はひっくり返るだろう。

「待ってください、俺……」

言いかけたものの、櫛田を説得する材料など何もありはしなかった。口ごもると、鋭い光を湛えた瞳にじっと見据えられる。さっき、冷淡な人間ではないと分かったはずなのに、その冷たさに触れるとぞくりとする。

「あるいは、君の症状が落ち着くまで、僕が疑似パートナーになるか」

なりふり構わず土下座でもするか、と焦った静に示されたのは、信じられないような第二の選択肢だった。

「は？」

「君がこのまま勤務を続けるならどうしても発散が必要になる。君の発情のサイクルや強度が判明し、身体が抑制剤に慣れるまで、僕が君の発散を手伝ってもいい」

ぽかんとして見つめ返した櫛田の瞳は、とても冗談を言っているようではなかった。そもそも、彼が冗談を言っているところを見たことがない。

「ただし、セックスはしない。君のためにも、僕のためにも、あくまで行うのはプレイだけ。プレイには、きちんとルールを設ける。抑制剤の服用は医師の指示量を守ること。この条件でなら、君の疑似パートナーになってもいい」

その言葉を聞いて、櫛田がこの案を単なるこの場の思い付きで口にしたのではないのだと感じた。櫛田はとても思慮深く、口にする言葉、行動への責任を重んじる。彼の中で検討を重ねて、この提案を申し出たのだろう。つまり、櫛田は本気だ。

櫛田に、発散を手伝ってもらう。考えたこともなかったが、示されてみれば至極合理的な――というより「それしかない」選択肢に思える。櫛田はドムで、現在の仕事のペアで、医学的な知識もある。

「……それ、でも、櫛田さんには何のメリットもありませんよね」

「メリット？」

「……一回につき、いくらか払います。相場とか、分かりませんけど……」

これ以上、一方的に櫛田に迷惑をかけるわけにはいかない。そんな思いで口を開いたが、櫛田は明らかに面食(めんく)らったようだった。「君は……」と微かな呟きが漏れてきたが、その続きは聞き取れない。

呆れられたのだろうか。櫛田はしばらく黙りこくっていたが、やがてその手をテーブルの上で組むと、重々しく口を開いた。

「僕は警察組織と麻薬取締部が組織レベルで協力してD／Sに関する犯罪を取り締まる今回のプロジェクトの成功を何より願っている。アポロの摘発は悲願と言ってもいい」

いきなり何の話を始めたのだろう、と今度は静が面食らう番だった。

「君の意欲、勤勉さや捜査能力はすでに知っている。これからのD／S捜査がどうあるべきか、当事者としての意見も貴重だ。プロジェクトには君が必要だと思う。業務上のパートナーとして僕を助けてほしい。そのために、僕も君に力を貸す。君が良ければだが」

持って回った言い方だが、つまり静が特性対で働き続けること自体が櫛田にとってのメリットで、疑似パートナーとして発散を助けることはギブアンドテイクだと、櫛田は言いたいらしかった。

もっと偉そうに、恩に着せてもいいのに。この男はいっそ怖くなるほど寛容で、誠実なのだ。自分がもし女性だったら、こんな相手と結婚したいと思うに違いない。そんな場違いなことを考えるほど、静は呆気にとられた。

「あの、今更ですけど櫛田さんて、今、特定のパートナーはいないんですか。二股ってことになったりは……」

こんな魅力的な男に相手がいないわけがない、という至極当然の事実に思い当たって聞いてみる。D／Sのパートナー関係にも浮気という概念があるのか分からないが、面倒が起きかねない。

「いたらこんな提案はしない。僕はこれまでもこれからもパートナーを持つつもりがないから、それを君が気に病む必要はない」

静はぱちぱちと目を瞬いた。パートナーがいないのは意外だし、「持つつもりがない」という決意も引っかかる。しかし今、櫛田の事情を詮索しても仕方ない。

「分かりました。じゃあ、お願い、したいです。俺の、疑似パートナーになって下さい」

コーヒーの湯気の向こうで、櫛田が目を細める。

「では、まずはコーヒーを飲んで。そろそろ出勤の時間だから、ルール決めはまたにしよう」

まるで仕事の段取りを決めるように言って、カップを手に取った。

あっさりと、解決法を手に入れてしまった。

櫛田が疑似パートナーになる。

信じられないような思いで手の中のカップを見つめる静の周りで、つややかな緑の葉が揺れていた。

「おはようございます」

朝七時、人気のない対策本部室で一人呟いて、静は自分のデスクについた。早朝に出勤して、資料を読むのがこのところの日課だ。

櫛田の前で泣いた日以来、何かが吹っ切れ、夜の眠りが深くなった。相変わらず発情の予兆はないが、もし訪れても疑似パートナーの櫛田がいると思えば、不安は感じない。

特性対での仕事に打ち込んで、少しでも櫛田の期待に応えたいと思うようになっていた。

「おはよう」

どれほどたった頃か、隣のデスクに櫛田が現れる。ここ数日厚労省に出勤していた櫛田と、顔を合わせるのは久しぶりだった。静はおはようございますと答えて資料読みに戻ったが、視線を感じて再び顔を上げた。

「……何か？」

櫛田が椅子にかけぬまま、じっとこちらを見ていた。

「顔色が悪い。何かあったのか」

「え？　別に、いつも通りですけど……」

何気なくそう答えつつ、どきりとした。実のところ、資料を読み始めてから、周囲の気温が下がったように感じ、ホットコーヒーでも買いに行こうかと思っていたところだ。

櫛田の観察眼の鋭さに内心舌を巻きながら、手の中のファイルを示した。

「木内玲奈のファイルを読んでたんです。櫛田さんに、意見を聞きたいと言われていたので」

　木内玲奈は一年ほど前に検挙されたアポロの売人だった。

　アポロの取引すべてを管理している元締め『エース』の存在を語った一人で、取り調べにも協力的だったが、薬物中毒だった彼女は勾留中に精神錯乱状態となり、病院に収容された。取り調べは続行不能、供述の信憑性も疑わしくなったことから不起訴となっていた。

「彼女はかなり具体的に『エース』について語っていますね。『エース』が自分を支配して、薬物を売らせたんだとか、『エース』にいろんなクスリをやらされたんだとか」

「その後の禁断症状で、その証言自体に証拠能力がなくなってしまったが、僕は彼女の証言は概ね正しいと思っている。『エース』はドラッグを用いてサブの売人を支配しているんだろう」

　D／S犯罪の取り締まりにおいて、ドラッグが重要視される理由はまさにそこにあった。

　これまでに起きた売春事件や横領事件はいずれも、主犯のドムがD／Sドラッグを用いてサブをプレイ依存状態に陥れ、ドラッグとプレイを餌に、意のままに支配して犯罪に手を染めさせたというものだ。サブがプレイを求める本能は強く、ドムの言いつけに従うさまはまるで洗脳状態だと書かれている調書もあった。

「今勾留している売人から元締めに関する証言が出てこないのは、まだ支配から抜けられていないからですかね」

新井もぼやいていたが、特性対発足後、検挙した売人から元締めの存在が語られたことはない。

「末端の売人しか拘束できていないという可能性もあるが、木内玲奈の証言からすると恐らく、元締めに半ば洗脳されて黙秘している者も混じっているだろうな」

答える櫛田を横目に、静は再びファイルに視線を落とした。

「確かに彼女の証言はとても真に迫って感じました。エースのこと以外にも、サブに覚醒してから薬物に手を染めるまでの供述なんか特に……とても、生々しくて」

「他人事とは思えないか」

問われれば、確かにそうだ。

初日に捜査ファイルを読んだ時より、明らかに売人の側に感情移入している。

供述によれば、木内玲奈はごく普通の大学生だったが、サブに覚醒したのち、D／Sの多く集まるクラブに出入りするようになり薬物に手を出している。

彼女の苦悩が、今の静には手に取るように分かった。覚醒に混乱し、自分は以前と何も変わらないと思いたいけれど、不安は増すばかり。薬を使えば楽になり、サブ性を受け入れられると囁かれれば、魔が差す瞬間もあるだろうと思ってしまう。

「君は覚醒直後で、精神が不安定な状態にある。D／S当事者の供述内容に引きずられて、気分が悪くなったんじゃないか」

「えっ、そん……なこと……」

思いもよらぬことを言われて、語尾が途切れた。では部屋が寒くなったのではなくて、自分の体調が悪くなっていたのか。意識すると確かに悪寒がして身体を竦ませる。

戸惑って櫛田を見上げると、仏頂面といっていい真顔がそこにあった。彼もまた、静を見ている。奇妙に見つめ合っていると、突然櫛田の手が伸びてきた。

「え……？」

櫛田の手が左頬に触れ、大きな掌で耳から顎までを覆われる。咄嗟に避けようとすると、右側ももう片方の手で包まれて、頭を固定されてしまった。そうしたうえで櫛田は腰をかがめ、ぐっと顔を近づけてくる。

目を合わせられると眼力が強すぎる。息がかかりそうな距離に、パニックになった。

「……ちょ、なんで、こんな、近……」

「君は、触れると安心した顔をする。この前もそうだった」

落ち着き払った櫛田は真顔のままそう言って、動こうとしない。

その手を振り払いたいのに、なぜかできない。血の気の引いた肌にじんわりと熱が戻ってきているのが分かった。恥ずかしくて、身体が熱くなっているだけじゃないかとも思うけれど。これもプレイの一種なんだろうか。

「君は今、疑似とはいえパートナーだ。体調のことは、隠さないでほしい」

そう言う声が、なぜか甘く感じる。錯覚なのか、それともこれが櫛田のパートナーに対する態度なのか。

「落ち着いてきたか？」

「や、その……はい」

寒気が消えたことは、認めざるを得ない。

答える言葉に嘘がないか、確かめるように顔を覗き込まれる。櫛田の瞳は黒く、澄んでいた。恥ずかしさも忘れ、その瞳に吸い込まれそうになっていると、ふと瞼が伏せられる。

「良かった」

短い言葉と共に視線が外れ、掌が離れていく。そのわずかな瞬間、整った顔立ちの中で薄い唇が微かに弧を描いた。櫛田の微笑みを初めて見た気がして、どきっとする。

頭の中には、弧を描いた唇の残像が焼き付いていた。

急に触れられて、頭がおかしくなってしまったんだろうか。ただ触れられるよりもっとすごいことを、既にしてしまっているというのに。

目が勝手にもう一度櫛田を盗み見ようとした時、場違いな昂ぶりを打ち破るようにデスクの電話機が音を立てた。我に返り、慌てて電話を取る。火照っている耳に受話器を押し当て、相手の用件を聞くと、頭が捜査モードに切り替わった。

　鑑識の担当者は、あの白いワゴンの使用者が見つかったと告げた。

「本当ですか」

　内容を確認する声が上擦る。

　登録上の車両の持ち主は岸部(きしべ)良亮(りょうすけ)というトラック運転手だが、彼は車両を知人に貸したと証言し、車体から岸部のＤＮＡは検出されなかった。一番多く痕跡が残っており、車両を使用していたとみられる人物のＤＮＡは警察のデータベース内にあるものとも一致せず、そちらからの捜査も行き詰まっていたのだ。

　それが、ついにＤＮＡ型が一致する者が見つかったというのである。

『二週間ほど前に急性薬物中毒で搬送された患者から、アポロ含む複数の薬物の陽性反応が出ました。病院から警察に届け出があり、その患者のＤＮＡを採取した結果、あのワゴンで見つかったものと一致したんです』

「分かりました。すぐに病院に連絡を取ります」

　メモを取りながら、これは大きな進展だ、と静は意気込んだ。横で通話の様子を見守っていた櫛田に頷いてみせる。櫛田も真剣な顔で頷き返した。

「恩田一磨(おんだかずま)、二十七歳。アポロ他複数のドラッグ使用が認められ、Ｄ／Ｓ検査の結果はサブだそうです」

電話を切って即座に櫛田に報告する。

「薬物中毒のサブか。典型的な売人のプロフィールだな」

「『エース』の線は消えましたかね」

Ｄ／Ｓ犯罪の類型に則り、多くのサブの売人を扱う元締め『エース』はドムだろう、というのが特性対全体の見解だった。車両の使用者が『エース』ではないかという読みもあり、期待していたがどうやらその可能性は低そうだ。それでも、『エース』につながる証言が取れるかもしれない。

「すぐにでも聴取に入りたい。手続きを頼む」

自分と同じに意気込む櫛田を前に、静ははたと気づいた。現場に出るな、というのが本村の命令だった。報告すれば、恩田の聴取も他班に回せと言われるに違いない。

「あ、ええと、櫛田さん、聴取はおそらく……他班(よそ)の担当になると思います」

伝える声には、はっきりと悔しさが滲んでしまった。

彼が現場に出るのを、止めるのが自分の役割だ。けれど自分だって、自ら得た手がかりをみすみす他班に渡したくはない。

「……なるほど」

こちらを見つめる櫛田の目が、すうと細められた。

何も説明しなくても、本村の思惑も、それを言い含められている自分の立場も、見通されている気がする。気まずくなって俯いた静に、櫛田は淡々と言った。

「本村課長への報告の前に、僕から病院に連絡だけ入れさせてくれ。担当医と話がしたい」

「え？　は、はい」

専門的な質問でもするのだろうか。それくらいは許されるだろう。あっさり引き下がった櫛田に内心ほっとする。しかし同時に悔しさも抱えながら、静は櫛田へメモを手渡した。

二日後、静は恩田と二人で特別に発行されたパスを下げ、薬物依存治療の専門棟に足を踏み入れた。

予想通り本村は他班への引継ぎを主張したが、結局は特命班が恩田の聴取を担当することになった。病院側が恩田の聴取に、医師免許を持つ櫛田の同席を条件付けたからである。苦々しく特命に聴取を命じる本村の前では担当医とのやり取りのことなどおくびにも出さない櫛田に、静はエリート官僚の凄味（すごみ）を感じた。

指定された病室の入り口にはドアがなく、恩田はベッドの上で静かに座っていた。

とても美しい男だった。ひどく痩せており、肌が青ざめてはいるが、整った顔立ちといい肩までの長髪といい、黒髪の両サイドに入った銀のインナーカラーといい、耽美系（たんびけい）バンドのメンバーだと言われれば納得してしまいそうな雰囲気がある。

静と櫛田が身分と名前を告げると、恩田は伸びっぱなしになっている長い前髪の間から二人を覗き見て薄い唇の端をつり上げた。

「D／Sカップルで取り調べなんて、今どきの警察はずいぶんススんでるんですね」

「な」

静が絶句すると、恩田が薄い色の瞳を静の背後の櫛田に向ける。

「あれ？　あんたはサブで、後ろのオニイサンがドムでしょう。俺、見間違えた？」

「……いや。君の言う通り僕はドムで、羽田君はサブだ。しかし僕たちはカップルじゃないし、そもそものことはこの取り調べに何の関係もない」

冷静な櫛田の声を聞いて、静は平常心を取り戻した。

誰かにサブだと見抜かれたのは初めてで動揺してしまったが、相手のペースに呑まれてはいけない。主導権を握るのが、聴取の初歩の初歩だ。

「そうだ。お前はただ俺たちの聞くことに答えればいい」

「へえ、じゃあ、プレイもセックスもしてないの？　そうは見えないけど」

ぴしゃりと言い渡しても恩田は特に堪えた様子はなく、じろじろと視線を這わせてくる。

落ち着け、と静は胸の中で唱えた。わざと挑発的な言葉を選んでいるだけで、動揺すれば相手の思うつぼだ。

「羽田さん？　あんた、サブのわりにドムっ気がありそうだな。俺と似たタイプかも」

「無駄口はいい。恩田一磨。二十七歳。職業不詳。住所、東京都目黒区西台三丁目二番五号、西台シャトー２０６号室。間違いないな」

「ハイハイ」

「お前は九月十七日、千代田区の駐車場に一台の車両を停めた。それも認めるな？　その車両から、複数の薬物が発見されてる。お前が使ったんで間違いないな」

「白のエスティね。俺のＤＮＡが出てるんでしょ。認めるよ。……家に帰りたくなくてさ。駐車場で寝泊まりしてた。それにも飽きて、もうどうでもよくなって、車も捨てて……それでクスリやりすぎちゃって、病院に運ばれたけど」

　記録によれば、あの車が駐車された翌日に、恩田は有楽町の路上で行き倒れている。

「そのドラッグはどこで手に入れた？　もとはお前が売っていたものだろ」

「何の話？　薬物と車両の使用は認めるよ。けどそれ以外のことについては何も知らない。俺はアポロの売人からクスリごとあの車を買って、クスリをやるのに使ってた。それだけ」

　淀みない返答に、静は目を細めた。ドラッグの販売については否認。状況から、自分が証言しなければ立証は難しいと踏んでいるのだろう。

「……その売人の名前は」

「覚えてない。半年も前のことだし」

　その答えも毅然としていて、覆(くつが)る気配はない。時間をかけても無駄か。静は少しの思案の後、カードを切ることにした。

「岸部良亮という人物に心当たりは？」

その名前を出すと、恩田の瞳がわずかに揺れる。

「……キシベ？　誰？」

「岸部とはどういう知り合いだ。岸部はお前を庇ってい(かば)たが、何故だ？　お前が話さないなら、岸部に聞くことになるが」

畳みかけると、恩田はふい、と前を向いた。

「キシベなんて奴は知らない。俺は池袋の売人から車を買っただけ」

そっけなく呟いて目を瞑ってしまい、小さな病室がしんとする。これまでの経験からして、これは相当手ごわい、と早々に静は悟った。

まず、肝が据わっている。観察眼が鋭く、人の感情の機微や弱みを見抜くのに長(た)けており、話術も達者。この手の被疑者が強い意志を持って黙秘を続けるときは、相当長引く。

薬物中毒というから、会話が成り立たない可能性は想定していたが、これは予想外だった。しかし逆に、この恩田は単なる薬物中毒者ではないかもしれないと、直感が告げる。

どう攻めるか考えていると、静の背後から櫛田が恩田に声をかけた。

「いつからドラッグを始めた。家を出て、東京の美容専門学校に通い始めた頃は真面目な生徒だったんだろう。それが突然登校しなくなり、そのまま退学したと。それは間違いないか？」

櫛田の質問に、恩田は目を閉じたままだった。

被疑者の口から生い立ちを語らせるのは、自白を引き出す聴取のセオリーだ。静は櫛田に任せてみることにした。

「家からの仕送りにも頼らず専門学校でも優秀な成績を収めていた君が、どうして薬物に手を出した。……ドラッグを、パートナーや他のドムに強制されたり、騙されて飲んだりしたんじゃないのか」

櫛田がそう問いかけた途端、恩田の白い瞼がひくりと震えた。

この二日の間に、恩田の身辺調査は進んでいた。その中で、静も同じことを疑問に思った。恩田の人生の足跡は、上京して半年後の冬にぷっつりと表社会から消えている。その前後に、一体何があったのか。

「薬物中毒者は、一面では皆薬物犯罪の被害者だ。君も例外ではない。分かるか？」

「俺が被害者だって？　俺がサブだから、支配されて無理やりヤク漬けにされたみたいな想像をしてるわけ？　サブは弱くて、ドムより劣った存在だから？」

突然目を見開いて、そう反論する。恩田は上半身を捩ると、きっと櫛田を睨んだ。

「困っちゃうよね。こういうドムが多くてさ。羽田さん、あんたもそう思わない？　ドムって無意識にサブを下に見てるんだよね。もっとも、馬鹿で惨めなサブも多いから、しょうがないのかな。あいつら、同じサブの俺にすら虐めてほしがってすがってくるし」

恩田の言葉に、静はちらりと背後を振り返り、櫛田と顔を見合わせた。

それを見てか、恩田はするりと話を変える。

「ドラッグのことならさ、気持ちいいって聞いて飲んでみただけだよ。最近じゃどこのクラブでも手に入る。羽田さんは使ったことないの？　超、イイよ。本能に忠実になれる」

そう語りながら、意味ありげな視線で静を見据えた。

「アポロ使ったセックスは最高だよ。アポロっていうのはさ、月に行ったわけじゃん。スペースに飛べるからアポロなわけ。いいセンスだよね」

スペースというのは、主にサブがプレイ中に体験するトリップ状態のことを指す。相性の良い相手から極上の支配を受けることで得られる「スペース」は、性的絶頂とはまた異なる陶酔の極致なのだという。

「アポロはね、みっともないサブの弱さを性欲に変える。セックスですべて満たされるようになる。自分の弱さに、悩まなくてよくなるよ。ねぇ、羽田さん。どうして目を逸らすの？　俺を見てよ」

色素の薄い眼球が、何かを求めるようにじっと静を見つめる。

これまでどんな犯罪者たちを相手にしても怖気づいたことなどなかったのに、異様なものを感じて、静は一歩後ずさった。

と、背後に立つ櫛田にぶつかる。

櫛田は静を受け止めるとそっと脇へ押しやり、自分が前へ出ながら口を開いた。

「話を戻す。売買は認めないんだな。じゃあ、製造についてはどうだ」

「俺がアポロを作ったって？　ただのジャンキーだよ、俺は」

「君一人で作ったとは言ってない。君の関わっていた組織が、だ」

「……ふうん。まあ、どう思っていいようといいよ。俺は組織なんて知らないし」

恩田が肩を竦めると、櫛田の語気が鋭くなった。

「アポロの製造と販売を一手に仕切っている組織だ。君が乗り捨てた車も、その組織が使用していたことが分かっている。君がその組織と無関係だとは到底考えられない。君がどう言い逃れしようと我々は必ず君と君の組織の罪をすべて明らかにする」

言葉はまだ丁寧だがその声はこれまでよりワントーン低く、静かな怒りに満ちている。初めて間近で櫛田の怒気を感じ、静は首筋に寒いものを覚えた。

そして同時に、腹の底にもぞくりと何かが走る。あまりに唐突な感覚に、静は困惑した。焦って、鎮まれ、と念じるが妙な疼きはおさまらない。

「いいか。薬物は多くの人間の人生を狂わせる。組織的な薬物の製造と販売は、被害者を生み続ける。君は自分をジャンキーだというが、つまり君も被害者の一人だ。君は自分と同じような被害者を生み出し続けることになる。そのことが分からないのか」

「だから組織なんて知らないって言ってるじゃん。俺を被害者とかいうのもやめろって。ドムってホント上から目線だよねぇ。その傲慢を逆手にとって、うまく操ってやるのは快感なんだけど。ねぇ、羽田さん？」

「羽田君を見るな」

櫛田の低音に、腹の底がまた震える。

櫛田の怒りを感じて身体は緊張しているのに、彼が口にした自分の名前がやけに甘ったるく響いた。苦しくなって、は、と吐いた息が熱い。

一体どうしてしまったんだろう。

「おお、コッワ。今にもグレアしそうじゃん、オニイサン。いいよ、グレアしちゃいなよ。羽田さんの前で見せつけプレイしちゃおうよ。あれ？　羽田さん、ダイジョーブ？」

「……羽田君？」

まずい。変調を来したことを、恩田に気取られた。慌てていると、櫛田がベッドと静の間に身体を入れ、恩田の視線を遮った。

「聴取は一旦中断する。羽田君、出よう」

混乱した静は、促されるまま病室を出た。

「すみません、俺がリードしなきゃいけなかったのに……」

病院の白い廊下で、静は櫛田に謝罪した。

櫛田は聴取が初めてなのだから自分が手本を見せるべきだったのに、相手のペースに引きずられた。そのうえ突然体調を崩し、聴取を中断させてしまった。

悔しさに唇を震わせながら櫛田を見ると、彼は眉間に皺を寄せ、ひどく厳しい表情を浮かべていた。

「すまない。君が体調を崩したのは、僕のミスだ。感情を抑えられなかったせいで、君をいたずらに刺激した。言っただろう。覚醒直後の不安定なサブは、ドムに引きずられやすい」

「あ……」

静は思わず、声を漏らした。

そういうことか。ドムの櫛田の怒りに、サブとして反応してしまったのか。

「今、体調は？」

「さっき櫛田さんが恩田に怒った時、少し、ヘンな感じがしました。……今も、少しだけ」

さっきよりましになっているが、まだ身体の奥に違和感がある。

この恐怖と興奮が入り混じったような感覚は何だろう。自分の身体がどうなるか分からないのが、非常に心許ない。口ごもりながらも正直に答えると、櫛田は廊下のベンチを示し、静に座るよう促した。

「少し休んだ方が良いな。僕は、離れているから」

「いて下さい」

立ち去ろうとする櫛田に反射的にそう言ってしまい、自分でも驚く。

櫛田の切れ長の目が面食らったように見開かれた。

何を言っているんだ。櫛田が原因で不安定になったなら、離れた方が良いに決まっているのに。小さな子供みたいに甘えた感情が顔を出している。

「あ、いえ、大丈夫です。落ち着いたら呼びますから。早く、聴取を再開しないと……」

恥じ入って俯くと、大きな影が一人分の席を空けて腰を下ろした。

「……さっきは本当にすまなかった。もう僕が取り乱すようなことはないから、安心してほしい。君が落ち着くまでここにいる」

静は俯いたまま頷いた。櫛田がそばにいてくれると、安心する。深く呼吸をし、身体の芯からざわめきが去るのを待つ。

櫛田はまるで息まで殺しているかのように、ひっそりと座っていた。その静寂から、彼が自分の感情を抑えきれなかったことを悔いているのが痛いほど伝わってくる。悲痛と言ってもいいほどの佇まいに、静は戸惑った。

確かに、あれほど感情をあらわにした櫛田を見たのは初めてだったけれど、それでも彼の言うように「取り乱した」というほどではなかった。彼はどうしてそこまで、自分を責めるのか。

そこで静ははっとした。覚醒した時、怖くて仕方がなかったと言った彼の言葉の意味が、ようやく分かった気がした。自分の意に反して、誰かを支配関係に引きずり込んでしまう性への恐怖。櫛田のように思慮深い人間には、自分の感情が、凶器のように思えただろう。

だから彼は冷たいのだ。無表情の仮面をつけて、自制的に振舞う。決して怒らず、声も荒げない。誰も、自分の感情に巻き込まないために。

気づいてしまうと、これまで散々彼の慇懃な態度に反発していた自分がいたたまれなくなった。

「あ、あの……」

櫛田に何か言おうとして、けれど何を言えばいいか分からなくて結局口を閉じる。

櫛田は聞こえているのかいないのか、押し黙ったままだった。

静けさの中で、病室での彼の怒りを思い出す。この櫛田が感情を抑えきれなくなるなんて、よほどのことだ。恩田の態度が、そんなに気に障ったのだろうか。いや、あれは恩田個人と言うより、薬物犯罪への怒りに聞こえた。

櫛田がアポロの摘発を「悲願」と口にしたのは、職務上の義務感からだけではなく、何か彼自身に深く根ざしている問題があるからなのかもしれない。なんとなく、そんな気がした。

考えてみれば、これまで櫛田にはみっともないところを散々晒してしまったけれど、櫛田のことは、まだ何も知らない。

「あの、本当に気にしないで下さい。俺の方こそ櫛田さんに散々迷惑かけてますし」

ようやくそう声をかけたが、櫛田は黙って目を伏せるばかりだった。

その冷淡な横顔は、閉ざされた門のようだった。誰も彼に、立ち入ることはできない。こちらに優しくする時は、どこまでも受け止めようとするくせに。自分の内側は、少しも見せようとはしないのか。

静は、自分が少し苛立っていることに気づいた。もやもやとした感情を抱えたまま櫛田を見つめていると、彼がふいに立ち上がる。つられて顔を上げると、廊下が騒がしくなっていた。看護師たちがバタバタと恩田の病室に入っていくのが見える。

「君はここで待っていてくれ」

櫛田はベンチに静を残して、恩田の病室へと急ぐ。入り口で医師と二言三言言葉を交わした後、大股で戻ってきた櫛田は苦々しく言った。

「恩田に禁断症状が出た。今は錯乱状態で、聴取の再開は無理だ」

悔しさの滲んだ声に、静はぎゅっとこぶしを握り締めた。

「……すみません。俺のせいで、ほとんど聴取が進まなくて」

「僕のミスだと言ったはずだ。君が気に病む必要はない」

本当に、と付け加える櫛田の声は、硬かった。

「俺、恩田はただの中毒者じゃないと思います。受け答えが巧妙ですし、それを誰かに言わされている感じでもない。エキセントリックな言動も、計算ずくだと思います。売人の中でも、元締めに近い地位にいたんじゃないかという気がしました」

率直に、聴取で感じたことを述べる。それはほとんど勘のようなものだったけれど、意外にも櫛田は頷いた。

「……僕も、彼は組織の人間だと思う。売人か、運び屋か、あるいはそれ以上の役割を担っていたかは、まだ分からないが」

意見が一致して、共に病室の入り口を見つめる。早くもう一度聴取を、と逸る気持ちを胸に、病院を後にした。


「……ようやく半分、か」

深夜、人影まばらな対策本部室の端の自席で、静は大きく伸びをした。

外に出ることのない特命班は最近、他の班から事務処理などを回されることが増えた。部内で浮いた存在でいるよりいいと思い、積極的に引き受けているが、おかげで今日も残業だ。腕時計を見ると終電まで一時間。今日のうちの帰宅は諦め、ひとまずコーヒーでも飲もうと決める。

「まだ残ってたのか」

その時、厚労省に出向いていた櫛田の声が突然降ってきて、静はパソコンから顔を上げた。画面には、情報班から押し付けられた大量の画像データが表示されている。

「情報班から資料整理を頼まれて、明日までに仕上げた方がいいと思ったので」

簡潔に事態を説明すると、櫛田が整った眉をひそめた。彼の視線がデスクの上のカロリーバーの空き箱で止まったのを見て、慌ててそれをゴミ箱に放る。

「なぜ、僕に連絡しない。一人でできる量じゃないだろう」

憮然とした様子の櫛田に、静はぽかんとした。

櫛田に連絡するという発想は全くなかった。捜査資料は櫛田の専門外だし、別の職場に行っている相手にわざわざ頼むような仕事でもない。かといってあまり時間をかければ、特命班は暇なくせにとか、御曹司は仕事を選ぶとか陰口を叩かれる羽目になるので、自分が徹夜すればいいと思っていたのだ。

「データ整理なんて、櫛田さんのするような仕事じゃないですよ」

「同じ特命班なんだから、君が頼まれれば僕の仕事でもあるだろう。君はいつも、そういう仕事の仕方をしてるのか?」

自分の仕事を誰かに頼むのは、苦手かもしれない。というより、したことがない。業務上の相棒であっても、相手がこちらを権力者の息子という色眼鏡で見ていることが多かったから、何かを頼むと何重にも気を遣う羽目になる。すべて自分でやった方が楽だと思ってここまで来た。

「残りのデータを半分送ってくれ」

そう言って櫛田が隣のデスクに腰を下ろす。有無を言わさない態度に、静は渋々従った。

過去摘発されたドラッグショップやクラブの現場写真をひたすら分類する作業を、櫛田は黙々とこなした。呑み込みが早く、少し教えれば言わないことまで理解する。そのうち、手を動かしながら雑談ができるほどの余裕が生まれた。

「恩田の聴取許可は、今日も下りませんでしたか」

「連絡はないな。明日、もう一度こちらから担当医に電話してみる」

恩田は容体が思わしくなく、二度目の聴取許可はなかなか下りなかった。状況は病院から櫛田に連絡が入ることになっている。医師免許を持っていると病院からの信頼が違う、と本村が悔しそうにぼやいていたのを思い出す。

仕事がこれだけできて、医師免許持ちで、エリートコースに乗っている官僚。そんな男が今の自分の相棒で、さらには、疑似とはいえパートナーだと思うと、不思議な心地がする。

「恩田に関して、実はひとつ気になっていることがある。恩田は君に興味を示していた。僕の名前は憶えてすらいない様子だったが、君の名前は何度も呼んだ。君を見る視線も、異様だった」

櫛田に言われて、病室での奇妙な体験を思い出す。確かに、恩田に見つめられた時、これまでに経験したことのない恐怖を覚えた。あの時の恩田の瞳は、記憶に焼き付いている。

「俺、経験がないんで分からないんですけど、あれはグレアだったんでしょうか」

グレアとは、ドム特有の視線による威嚇（いかく）のことだ。サブを従わせるために行うこともあるし、ドム同士が互いに牽制し合うのに使われることもあるという。

「グレアできるサブというのは聞いたことがない。でも確かに君の言う通り、あの時僕は恩田に挑発された。目の前で、恩田が君を支配しようとしているように感じて」

「恩田が俺を支配すると櫛田さんへの挑発になるんですか？」

画面を見つめたまま何気なくそう聞くと、微かにむっとしたような声がした。

「今、君を支配する権利を持っているのは僕だけだ」

至極当然のように答えた櫛田の言葉に、静の頬は熱くなった。

ドムは自分以外の人間がパートナーのサブを支配することを決して許さない。他のドムがちょっかいをかけようとすれば、グレアで威嚇することもある。

それは資料で読んで知っているのだが、櫛田が自分に独占欲を抱いたのかと思うと、どうにも胸がくすぐったく、恥ずかしい。あの時、櫛田の怒りに怖れだけでなく興奮を感じたのは、本能的に身体が彼の独占欲を理解していたからなのか。あれが独占欲なのだと思うと、ますます頬が熱くなった。

落ち着け、と静はマウスをぎゅっと握りしめた。櫛田とのパートナー関係は本物じゃない。だから櫛田の独占欲だって、彼自身の生真面目さからくる義務感のようなもので、本物のパートナーに向けるそれとは違う。そう自分に言い聞かせても、なんだか熱が収まらない。

「少し休憩しましょうか。コーヒーでも買ってきます」

そう言って立ち上がると、くらりと眩暈がした。

意識がふわふわとし、身体の奥に疼きが生まれている。病室で、櫛田の怒りに感じたものと似ているが、今のそれは決して嫌な感覚ではなく、むしろ昂揚感に近かった。そしてあの時より、格段に強い。

「櫛田さん、俺……」

混乱して櫛田を振り返ると、櫛田が食い入るようにこちらを見つめている。

その視線に、身体が貫かれたように感じ、疼きが一層大きくなった。

「なんで……あ、そうだ。抑制剤、抑制剤、を、飲みます」

慌てて胸ポケットを探ると、その手を上から掴まれる。

「多分、飲まない方が良い」

「で、でも、このままだと」

「僕まで刺激されるほど、発情している。無理に抑え込むより、このまま発散してしまった方が良い」

それは、プレイをするということか。理解した途端、心臓が跳ねる。

心の準備ができていない。

「大丈夫。今はなんも考えんと、ついてき」

促すように腰に手を当ててきた櫛田が、落ち着いた声で囁く。静は、声もなく頷いた。


電車で良いと言ったのにタクシーを拾った櫛田が向かったのは、彼のマンションだった。見覚えのあるエントランスをくぐり、オートロックを抜ける。櫛田について歩く間ずっと、頭がふわふわとしていた。

このまま、発情なんて一生来ないかもしれないなんて考えていたことが嘘のように、今は櫛田とプレイすることしか考えられない。

「ひとまず、コーヒーでも淹れよか」

家へ上がり、リビングへ入るとそう声をかけられる。櫛田が関西弁に切り替わったというだけでどぎまぎし、静は答えを返すことができなかった。出身地の言葉は、否応なしに櫛田をより近くに感じさせる。

後ろを振り返った櫛田は、静の顔を見てふっと笑った。

「そんな余裕はなさそうやな。……羽田君、おいで」

「え……」

ソファに腰かけた彼が、ゆったりと手招く。関西弁の柔らかい響きに、魔法をかけられたみたいに引き寄せられた。もう、プレイは始まっているのか。

ソファまで歩いたものの、どうしていいか分からない。そわそわして突っ立っていると、そっと足を撫でられた。

「好きなように座り。まだ、命令はせんから」

その言葉と少しの接触にも、過敏に反応してしまう。プレイの際には特別な命令(コマンド)を使うと、ルール作りの際に教えられていた。

隣に腰かけるのは違う気がして櫛田の足元に体育座りすると、頭に手が伸びてきた。

「あ、ちょっ……」

「ようできた」

ゆっくりと頭を撫でられる。それだけでますます心臓の音が速くなった。身体の中心が脈打ち、興奮と、もっと欲しいという欲求が膨れ上がっていく。

「ちょっと、待ってください、こんなの……」

「君、これは好きやな。顔見れば分かる」

この前のプレイと全然違う。

漂う空気があまりに甘ったるく、耐えられない。

「この前は急やったし、アポロで君の興奮もすごかったからああしたけど、痛めつけるだけがプレイというわけやない。もちろん、君が欲しがればするけどな」

そこで言葉を切った櫛田は、つ、と静を見下ろした。

「セーフワードはちゃんと覚えとるな？　無理だと思うたら、迷わず使うこと」

疑似パートナーとしてのルール作りの際、真っ先に決めさせられたのがセーフワードだった。プレイの中で、ドムの責めにサブが耐えられなくなったら発する言葉で、いわばプレイの暴走を止める安全装置だと説明された。

プレイをしてもらう身でやめてくれなんて情けないことは言うまいと、心の中でひそかに誓ってはいたが、静はこくこくと頷いた。

「ほな、君の希望を聞こか。いじめてほしいか？」

「そっ、そん」

問われた内容に、頬が熱くなる。

――この前みたいに、ひどくしてほしい。

そんな願望が腹の底から顔をのぞかせてはいるけれど。

「君が欲しがらんと、プレイにならん」

そんな静の心を見透かして、何かを待っているように、櫛田はただ頭を撫で続ける。

静はごくん、と唾液を飲み込んだ。

「命令して……下さい」

顔を上げて、そう強請るだけで、頭にふわふわと霞がかかる。

櫛田は手を離し、満足そうにうなずいた。

「じゃあ、脱いでみ。そうやな。まず、タイから」

言われて、震える指先を結び目にかける。緊張して普段の倍の時間をかけながら、タイを解く。その間もじっと櫛田に見られているのが、恥ずかしくてたまらない。まるで丸裸になるような気持ちで、静はタイを抜き取った。

「ようできた。次は上着と、それからシャツ。全部脱いで、見せてみ」

言われた通りに上半身に身に着けているものをすべて脱ぎ捨てると、もう一度頭を撫でられる。確かに喜びはあるが、じれったい。でもこの命令と褒美の繰り返しが、プレイなのだと何となくわかってきた。

次を期待して見上げると、櫛田が唇に薄い笑みを掃いた。

「もっと厳しゅうされるんが好きか。じゃ、そろそろ始めよか」

そう呟いて細めた目には、冷たい光がちらりと覗く。静の胸はぞくぞくと期待に震えた。

「跪け」

低く張りのある声に耳朶を打たれて、全身が硬直する。

自分は恍惚としているのだと、数秒遅れて静は気づいた。あっという間に鼓動が速くなり、手が汗ばんだ。

一度身体を起こして膝立ちになると、くい、と顎を掴まれる。

「痛いんがいいか、甘いんがいいか、自分で分かるか？」

熱に浮かされたようになり、聞かれた意味がよくわからないまま櫛田を見上げていると、顎を掴んだ手が下がり、つうっと首筋をなでおろした。そしてそのまま指先が裸の胸を辿り、ぽつんと小さく色づく膨らみに行きつく。すり、とそこを擦られると、くすぐったさに息が漏れた。

櫛田の指の腹が、少しずつ尖り始めたそこを甘く転がす。困惑しながらもされるがままになっていると、突然櫛田の指先が強くそこを摘まみ上げた。

「ンっ、あ」

痛い、と感じると同時に、身体を電流が貫いた。

声を上げると、同じように、いやもっと強く、そこをねじり上げられる。

突然の刺激に頭が真っ白になり、息が詰まった。

「痛いんが好きそうやな。もっとしよか」

「痛っ、あっ、あっ」

「気持ちええか？」

はあはあと肩で息をしながら、静は曖昧に首を振った。

「君は「イイ」より「イヤ」の方が言い易いんやな。でも、両方言えるようにならんとな」

「やっ、あっ、あああ」

ぎゅうう、と右の胸の先を強く引っ張られて、静は痛みに恍惚とした。

痛みを感じると同時に、理性の箍（たが）がじりじりと緩み、羞恥心（しゅうちしん）が解放されていく。

痛くて、恥ずかしい。けれど、もっと欲しい。痛みと快感が一体化すると、それは単なる快感を超えて、感覚のすべてを飲み込んでしまう。

「ほら、ちゃんと言うてみ。痛いんか、気持ちいいんか」

「いた、いたい、きもち、いい、いい、です……っ」

口にした瞬間、さらに痛みと快感が膨れ上がって、静は胸を突き出してのけぞった。

「あ……」

軽く達してしまったような感覚がある。

呆然と瞬きをしていると、立ち上がった櫛田が腰をかがめ、頭をそっと撫でられた。

続いて、軽い口づけが額に落とされる。

「よう言えた。感じやすい君はかわいい」

柔らかな関西弁が耳を打つ。再び唇が額に触れると、びくびくと身体が震えた。施される行為の甘ったるさに、どうしていいか分からなくなる。

「や、優しく、しないでください……」

困惑してそう言うと、頭上で微かに櫛田が笑った気配がした。

「仕置きはケアとセットで成り立つ。プレイの基本や。ほんまに無理やと思うたら、セーフワードを使うこと」

セーフワードは激しい責めに耐えかねたときに使うのだろうと思っていたが、その逆もあるのか。

甘いケアに耐えられない、というのもそれはそれで恥ずかしい気がする。ぐるぐると思考が巡って何も言えないでいると、頭上から櫛田の声が降ってくる。

「まだ欲しそうやな。特に、ここが」

言葉と共に、股を足でぐっと割り開かれる。

「んっ」

さっきまでのプレイでゆるく兆しているそこの形を、確かめるように脛で押し上げられると、羞恥で頬に血が上った。下着が性器に擦れる感触に感じてしまい、瞬く間に腰に熱が溜まる。

「僕が許すまで、イったらあかんで」

櫛田は足を適当に動かし、股間を刺激してくる。そのぞんざいな愛撫は、痛みとは違った快感を静にもたらした。

「こういうのも、好きなんやな」

ひとつひとつ、確認するように言葉にされるのが恥ずかしい。櫛田が腰をかがめ、ベルトに手を伸ばしてくる。丁寧な手つきでベルトを外されると、喉が鳴った。

器用にスラックスと下着がずり下げられ、性器が露出させられる。そこはすでに上を向いて透明な液体をにじませていた。

しかし櫛田は性器には触れぬまま、再び胸を撫で始める。

「イきたそうやな？」

「イ、イきたい……です」

「ほな、胸で感じてみ。下、触ったらあかんで」

指先でピン、と胸の先を弾かれ、静は短い悲鳴を上げた。痛みと共に、さっき散々弄(いじ)られた小さな粒が再びツンと硬さを持つ。

「な……ッ」

「おいたせんように、手、後ろで組んどこか」

櫛田は静を膝立ちにさせたまま両腕を後ろで組ませた。そうして自然と突き出る形になった胸の、両の突起を同時に弄り始める。

既に硬く張り詰めたそこをぐにぐにと遠慮のない力で揉まれると、直接的な快感が身体を貫く。そこがそんなに感じるなんて、知らなかった静はただ喘いだ。これも、サブ性のせいなんだろうか。胸だけを責められるということ自体に、被虐的な悦びを感じている自分がいる気がした。

櫛田の指先は器用に、小さな突起を上下に扱いて育てる。

「もっと、痛くしよか。その方が感じるやろ」

言うなり、強い力で尖ったそこを押し潰す。

「あ……ッ」

暗示をかけられているのか、どんどん胸の感覚が強くなる。触られているのは胸なのに、確かに腰にも熱が溜まり始めていた。性器はさっきよりも硬く、根元からたちあがり、先端からだらだらと透明な液体を垂れ流している。

けれど直接性器を刺激した時のような決定的な瞬間がいつまで経っても訪れず、切なくて、次第に気が狂いそうになった。

「も、無理……ッ、イきた……ッ」

もどかしい。自分で思い切り性器を擦って、果ててしまいたい。

でも、触るなと命じられているから。組んだ両の手をぐっと握りしめ、衝動に耐える。

「イかせてくださ、おねが、お願いします……ッ」

息も絶え絶えに懇願すると、熱に霞んだ視界の中で、櫛田が薄っすらと微笑んだ。

「あと十秒、我慢しよか」

言われて、こくこくと頷く。

「自分で、数えてみ」

「あっ、じゅう、きゅ……っ、は、ち……っ、ンんッ」

数えている最中に、胸の先を根元からぎゅっと摘まれて喘ぐ。性器がビクンと跳ねた。

「な、な、ろ、ろく、ご……よん……さん……あ、なに、これ……ッッ」

に、と発音しようとした時、摘まみ上げられた両の先端に思い切り爪の先を食い込まされ、痛みと同時に静は果てた。

唐突な射精は長く、重く、意識が遠のきそうになる。

「よぉイけた。君はほんまにかわいいな」

櫛田の柔らかな声が、微かに響いた。


「水、飲んどき。あと、これ」

短い言葉と共に、ソファに戻った櫛田にペットボトルとタオルを手渡される。

発情の熱が去ると、数分前の自分が晒した痴態が信じられない。けれど身体は充足感に満ちて、頭も心もすっきりと晴れている。

じっと見守られているのが恥ずかしく、手早く身体を拭いてシャツを身に着けた静は、ようやく人心地がついて櫛田に向き直った。

「ありがとうございました。その、急なプレイに、付き合っていただいて……」

自分でも何を言っているのだろうと思うが、何か喋らずにいられない。

「覚醒して初めての発情やから、驚いたやろう。前兆も特になかったようやし」

「前兆……」

櫛田の言う通り、それは突然やってきた。直前には確か、恩田のグレアの話をしていて。櫛田に独占欲を抱かれたと思って恥ずかしかった。そして自分は疑似パートナーだから、あまり勘違いしてはいけないと自分に言い聞かせて――。

そう考えて、はっとする。櫛田を意識して、櫛田を独占したいと思った時に、発情が来た気がする。

「いや、まさか」

そんなこと、あるはずない。それではまるで、櫛田に恋しているみたいじゃないか。いや、サブとしてはそれが正常なのか。そうだ。そうかもしれない。疑似とはいえ、パートナーなわけだし。そう説明がつくと、少しほっとする。

「どうした？」

「な、なんでもないです」

頭の中で右往左往して、ぼうっとしていたらしい。

怪訝そうに尋ねる櫛田に、静は慌てて首を振った。

「腹、減ってないか。何か作ろか」

「あ、ええと……はい」

プレイは終わったのだし、これ以上櫛田に甘やかされる理由もないので断ろう、と頭では考えているのに、口が反対のことを言ってしまう。

腹が減っているのは事実だが、本能が理性を超えてしまうのが恐ろしい。プレイ中に散々、思ったことを言えと躾けられたせいだろうか。

「すみません。やっぱりいいです。もう帰ります、俺」

立ち上がり、ダイニングキッチンに立つ背中に声をかける。

「君、あの様子じゃ昼もまともに食べてへんやろう」

「食事って、そんなにしなくてもよくないですか？　確かに一日何も食べないと身体が動かなくなりますけど、逆に言えば一回でも何か口に入れとけばそれで大丈夫っていうか」

常々思っていることを口にすると、櫛田が振り返った。目を細めたその顔は、少し呆れているようにも見える。

「君、好きな食べ物は？」

「好きとか無いですね。特には……」

率直に答え、ふと思い出す。取り立てて食べたいものはない。ただ、あの飴の味だけがずっと気になっている。もう、忘れると決めたのに。

「強いて言えば、辛いものですかね。甘いよりは」

ふうん、と答えた櫛田は再び背を向け、そのまま調理を始めてしまった。これ以上いらないと言い募るのも気が引けて、静は再びソファに腰を下ろした。

この部屋にあふれる植物と同じに、世話をされている気分だ。

櫛田から受ける印象は、百八十度変わった。これまで感じていた近寄り難さや、傲慢さとはかけ離れた、思慮深く温かな人柄。ただ支配的なわけではなく、包容力がある。

そういえば櫛田は、パートナーを作るつもりはないと言っていた。疑似パートナーですらこれだけ甲斐甲斐しく面倒を見る櫛田は、きっと誰かと過ごすのが好きなのだろうと思う。なのに何故、独りを選んでいるのか。相性のいい相手が見つからないのだろうか。少なくとも覚醒の相手は存在したはずだが、その人とは別れてしまったのだろうか。

面と向かっては聞けない疑問が、次々と浮かんでは消える。もっと、櫛田のことが知りたい。けれど必要以上に近づいて、拒絶されるのが怖い。知りたいと思うのは、自分がサブで、櫛田が疑似パートナーだからだろうか。それとももっと、別の何か。仕事にかまけて、恋や人間関係を疎かにしてきたせいで、この感情が何なのか分からない。

静は慣れない衝動を持て余しながらただじっと、櫛田を見つめていた。


十一月に入っても、特性対の捜査に目立った進展は見られなかった。ノートパソコンの画面越しに証拠品のファイルと睨めっこしていると、背後から誰かが近づいてくる。

「お疲れ」

「新井さん、お疲れ様です」

静が振り返ると、新井は向かいのオフィスチェアにどっかりと腰を下ろした。

「頼まれた通り、恩田の写真を今勾留してる売人に見せて回った。でも、誰もぴくりともしなかったぜ。現場の聞き込みでも、恩田みたいな男の目撃証言は出てない」

新井の報告に、静は肩を落とした。売人か、あるいは運び屋としての恩田を知る者が、いるのではないかと期待したのだが。

恩田の聴取から三週間、まだ面会許可が下りる見込みは立たず、書類仕事ばかりの日々が続いていた。

「……そう、ですか」

「あのメッシュの入ったロン毛、一回見たら忘れないだろ。反応ないってことは、売人仲間でも、運び屋でもないな。末端のジャンキーだよ」

新井の言うことはもっともだった。しかし、恩田がただの中毒者ではない、という推測もまだ捨てたくはない。そう思わせる何かが、確かに恩田にはあった。

「しかも恩田はサブだろ。もし売人だったとしても下っ端だ。組織のトップはどう考えてもドムなんだから、雑魚に構ってないで怪しいドムを探せって本村さんにドヤされるぞ」

「本村課長、最近ピリピリしてますね」

相槌を打つと、新井が大きくため息を吐いた。

「売人どんどんしょっ引いているせいで向こうも警戒し始めてる。『エース』に辿り着く前に、完全に雲隠れされちまうかもしれねぇぞ。そうしたら警察のメンツは丸つぶれだ」

捜査開始当初、麻取の捜査員たちは組織の全体像を把握するため、出来るだけ売人を検挙せず、泳がせて動きを見た方が良いと主張した。しかし膠着状態が続くうち、業を煮やした本村が方針を変更し、売人を検挙し徹底的に取り調べをするやり方に切り替えた。

その結果、徐々に情報は増えているものの、新井の言う通りアポロの取引自体が下火になり、新たな手掛かりが得にくくなっているのだ。

「お前は最近、なんか調子良さそうだな。顔色もいいし、雰囲気がリラックスしてる」

「えっ」

「売人に恩田の写真見せるのだって、前のお前なら俺に任せないで自分でやっただろ。いい傾向だ。俺はお前に頼まれた時、結構嬉しかったぜ」

自分では意識していなかった変化を指摘され、戸惑う。けれど観察眼の鋭い新井の言うことだから、的外れではないのだろう。

「おっと、番犬のご登場だ。じゃあな」

「番犬?」

「お前の相棒サマ、ちょっと苦手なんだよ。エリートの優男（やさおとこ）かと思ってたら、目つきが鋭くて。ほら、今も」

椅子から立ち上がった新井が、そう耳打ちして去ってゆく。

ぽかんとしてその後ろ姿を見送っていると、入れ違いに櫛田が姿を現した。

「お疲れ様です」

声をかけると、無言で茶色い紙袋を差し出される。厚労省の近くにあるというパン屋のものだ。櫛田がたびたび買ってよこすので、見慣れてしまった。

「ありがとう、ございます」

顔に似合わず世話好きな櫛田はプレイの後は大抵食事を作ってくれるし、それ以外でもことあるごとに食事をとらせようとしてくる。最初のうちは慣れず、反発もしていたのだが、どうもそれが彼のドムとしての習性らしいと知ってからは甘んじて受け取ることにしている。

食事を後回しにしがちな身としては、実際のところ助かってもいる。ただ、こうして甘やかされるたび、日常とプレイの境目が曖昧になり、櫛田がまるで本当のパートナーになったかのように錯覚してしまう。

「新井主任は、売人聴取の報告に来たのか」

「ええ。恩田を知っている売人はいなかったそうです。もちろん、庇っている可能性もありますが」

櫛田の目つきが怖い、と言っていたことはもちろん報告しないでおく。

「全員が口を揃えて庇っているとしたら『エース』級の幹部の可能性もあるが……現時点では何とも言えないな」

それは静も考えたが、新井の前では口にしなかった。櫛田が自分と同じ考えだと知って、嬉しくなる。

「俺、もう一度岸部に話を聞こうと思うんですが」

「恩田の使っていた車両の持ち主だな。確かに恩田は、彼の名前に反応していた。いい案だと思う」

こうやって櫛田に褒められることにも、ただの仕事以上の喜びを感じている気がする。仕事もプライベートも、櫛田と共にし、満たされている。初回以来、発情が定期的に訪れるようになったので、今では互いの予定を合わせ、週に一度プレイの日を決めている。

この状態は仮初(かりそめ)で、抑制剤に身体を慣らす期間だけのものだと頭では分かっていても、のめりこんでしまう。

「パン、櫛田さんも食べます？　コーヒーでも買ってきましょうか」

「缶コーヒーはあまり……水で良い」

「うわ、嫌味。でも確かに櫛田さん家のコーヒー、美味しいですもんね」

軽口を叩いて立ち上がると、背中に見送る櫛田の視線を感じ、気恥ずかしい。それはドムとしての条件反射に過ぎないと、分かっているのに。静は目を伏せ、早足で歩き出した。


「この男を、知っていますか」

トラックが何台も置かれている運送会社の駐車場を櫛田と訪れた静は、車を降りたばかりの岸部を捕まえて一枚の写真を示した。

三週間前、何も喋らなかった男は、写真に写った恩田の白い顔を食い入るように見つめている。その表情が、何よりの答えだった。

「彼は薬物の中毒症状で病院に搬送され、現在は入院中です」

付け加えると、岸部は日焼けした顔を歪めた。短髪の頭をガシガシと掻いて、トラックに背を預ける。明らかに、前回と反応が違う。

「昔の知り合いで……もう、何年も会ってないっス」

「自分の所有する車を貸したままなのに？」

その質問に、岸部は大きく息を吐いた。

「車はもう、どうでもよかったから。あいつは、俺といるとダメなんスよ。勝手に一人で追い込まれて、俺もしんどくなる。半年くらい一緒に暮らしてたけど、突然消えた。車もなくなってて。まあでも、潮時だったかなって」

岸部の答えに、櫛田と素早く視線を交わす。これで少なくとも、恩田が池袋の売人から車を買ったという話は嘘だったと判明した。

岸部の右手がTシャツの胸ポケットを探り、煙草(たばこ)のソフトケースを掴みだす。煙草を取り出して咥(くわ)え、慣れた手つきで火をつけた。

「岸部さん、あなた……もしかしてドムですか？」

報告書にニュートラルと載っていたのは記憶しているが、聞かずにはいられなかった。

岸部は煙を吐き出しながら答えた。

「俺は、ニュートラルっての？　それっス。一回検査で、ドムの数値が高いとかなんとか、言われたことあるけど」

境界例だ。とすると、この岸部と恩田は、D／Sのパートナーというわけではなかったのか。けれど二人の間には、単なる友人とは呼べない関係があったのだろう、と感じる。

「あなたと一緒にいる時から、彼は、薬を？」

「俺の前では、抑制剤だけ。でも多分、最後の方は、色々手を出してたと思う。あいつ、最初のドムがヒデー奴で、それがトラウマで、どうしてもクスリやりたくなる時があるって言ってて。止められなかった。俺は、ドムでもサブでもねぇし」

ぶっきらぼうな彼の言葉に、静は虚を衝かれた。これまで、自分はD／S当事者でいることの困難さばかりを感じてきたが、彼はまるで、自分がドムでもサブでもないことに歯がゆさを感じているように見える。

何も言えずにいると、岸部が眉間に皺をよせたまま、こちらを見る。

何か言いたげな彼の次の言葉を待ったが、結局視線は逸らされてしまった。

「彼とはどこで知り合いましたか」

「マック。なんかヤバい女に絡まれてたから、面白半分で助けてやったら、余計なお世話だって怒鳴られて。腹が立ったんだけど、そっからなんとなく、話が合って」

「この前お話しした通り、あなたが彼に貸した車両からは大量の違法薬物が見つかっていて、彼には違法薬物販売の容疑がかかっています。一緒に暮らしていて、それらしい様子を見聞きしたことは？」

「ないっスね」

答える岸部は、そっけない。本当のことを言っているのか、恩田を庇っているのか測りかねた。

「アポロの中毒患者は増加の一途を辿っています。恩田自身も、路上で倒れて救急搬送されるほどの中毒者です。どんな些細なことでも結構ですので、思い出して頂けないでしょうか」

聞き方を変えると、岸部は携帯灰皿を取り出して吸い殻を中へ放った。ぎゅっと袋状のそれを握り潰すと、苛立った視線を向けてくる。

「別に庇ってるわけじゃなくて、俺といる時は、本当に普通の奴だった。ドムとかサブとかって、皆ヤク中でセックス狂みたいに見られるけど、そんな奴らばっかりじゃない。あんたら刑事も、あいつがサブだから売人だって最初から決めつけてんだろ」

「……俺自身は、サブです。彼に偏見を持っているつもりはありません」

答えると、岸部は一瞬ぽかんとした。

「……へぇ。サブでも刑事とかいるんだ。……へぇ」

まるで今初めて目の前の静の存在に気づいたかのように、頭のてっぺんからつま先まで、じろじろと見る。不躾な視線に静が咳払(せきばら)いすると、決まり悪そうに鼻の頭を手でこすった。

「でも俺、本当になんも知らねぇんだよ。あいつがなんか、サブの集まるサークルに出てたのは知ってる。抑制剤とか、そこで手に入れてるって……。でもそれ以外で、あいつが薬の話をしたことはない。俺の前でも、使ったことねーし」

「そうですか」

その証言に、嘘らしいところはなかった。本当に何も知らないのだろう。恩田がうまく隠していたのか、あるいは岸部と別れた後に、販売にまで手を染めたのか。

二人が暮らしていた場所やその生活などを、続けていくつか聞いたが、薬物に関する情報はこれ以上出てきそうになかった。一通り質問を終えて櫛田を見ると、無言で首を軽く振るので、質問を終えることにする。

それでもどこか諦めきれず、静は櫛田に先に行ってもらうよう頼んだ。二人きりになり、煙草をふかす岸部にどう話しかけたものか思案していると、やがて彼の方から口を開いた。

「刑事でサブってさ、しんどくねーの」

咄嗟には答えられない質問だった。

「いえ……」と言いかけたものの口ごもると、岸部は静の答えを待たずに言葉を重ねた。

「あいつを……助けてやってくんねぇかな。俺が言うことじゃないかもしんねーけど。俺は怒ってねーし、なんていうか……。あいつ、助けてほしい時に、助けてほしいって言えない奴だから」

「……伝えておきます。あなたが、そう言っていたこと」

何とも言えない気持ちになって、静はその場を後にした。

潮時だった、と岸部は言ったが、割り切れない気持ちが今もあるのだろう。だから車から薬物が見つかったと聞かされた時、彼は必死に恩田を庇ったのだ。

「恩田は、どうして岸部のもとを去ったんでしょうね」

「……恩田は処方箋なしに抑制剤を手に入れていたようだから、きちんとした診察も受けていなくて、発情がうまくコントロールできていなかった可能性がある。岸部以外の相手と発散せざるを得なかったとすれば、そのせいで追い詰められていたのかもしれない」

捜査車両の助手席で、シートベルトを締めながら櫛田は淡々と語った。

「プレイは、往々にして性的な接触を含む。D／SがD／Sでない相手と付き合うことはもちろん可能だが、それはきちんと発情を抑制できている前提での話だ」

それ以上の説明を櫛田はしなかった。静はハンドルを握り、車を発進させた。

「難しい顔をしているな」

「そんなこと……あ、ええと、発情したとか、具合が悪くなったとかじゃないんで、大丈夫です。恩田のこと、いろいろ考えてしまって」

岸部と別れ、坂を転がり落ちるように悪い方へ悪い方へと向かっていった恩田を想像してしまう。

「どうして恩田はあの日、あの車をあそこに停めたんでしょうか」

「……もうどうでもよくなったと、本人は話していたが」

似たタイプかもしれない、と恩田に言われたことを思い出す。

サブに覚醒したと知って、目の前が真っ暗になった時のことも。

ハンドルを切りながら、ふと言葉が口をついて出た。

「俺には、櫛田さんがいてくれて、良かったです」

櫛田がいなかったら。自分はどうなっていただろう。そのあとも。サブになったことに耐えられず、抑制剤を飲み過ぎた日、あの男の息子という立場を持て余して、どこへ転がっていったか分からない。自分でも救えないほど、深い所へ落ちてしまったかもしれない。

前を見なければいけないから、櫛田が今どんな顔をしているのかは分からない。

「最初のドムが、櫛田さんで良かった」

助手席で櫛田が身じろいだような気配があったが、静は隣を見ないままハンドルを握り続けた。

帰庁し、先に櫛田を降ろして車を駐車場へ戻す。無人のエレベーターホールに立っていると、ポケットで携帯が震えた。見慣れない番号に眉根を寄せつつ、画面をタップする。

『良くやってるようだな』

受話器から流れ出る声を聞いた途端、全身が硬直した。

男が電話で名乗らないのは、いつものことだった。といっても連絡を寄越すのは大抵秘書なので、男と電話で直接話したことは、数えるほどしかなかったが。

「……何か、用ですか」

『ああ、忙しいのは知っとる。いいことだ。いや、篠原君から話は聞いた。なかなか良くやってるそうじゃないか。さすがは息子さんだと、お追従を言われたよ』

　回線越しでも、それと分かるほど上機嫌な声だった。

　篠原は組織犯罪対策部のトップで、本村の直属の上司にあたる。相槌を打つ気も起きずに黙り込んでいると、静の返事など最初から待っていないかのように、男は話し続けた。

『特性対を作った意義は大きいと、我ながら思っとるところだ。D／Sというのは聞けば聞くほどあらゆる犯罪との相性がいい。放っておけば早晩一大犯罪マーケットになる。だから特性対には大いに期待している。お前にも、だ。なあ、静』

　その呼びかけに、静は知らず息を詰めた。

　この男に名前を呼ばれるのは、随分久しぶりだ。

『ドムとかサブとか、ワケの分からん輩をこれ以上のさばらせないためにも、頼むぞ、静』

　まるでそれが褒美だと思っているかのように、男はわざとらしく静の名を繰り返した。

　そこで静は、はっとした。今の言い様からすると、この男は捜査中に自分の息子がサブに覚醒したことを知らないのだ。本村か篠原か、権力者に過剰に忖度する上の連中は彼の息子の功績だけを報告し、不都合な事実は伏せたに違いない。あるいは、息子の覚醒を知らない父がいるなんて思ってもいないのか。

今、あんたの息子はサブだと言ってやったら、電話の向こうでどんな顔をするだろう。

「俺は……」

口を開くと、喉がひりつく。舌が重くなり、声が詰まってゆく。

アンタの息子は、アンタが今犯罪予備軍呼ばわりした、サブなんだ。

そう言い放ってやりたいのに、声が出ない。

『ん？　なんだ？　ああ、まあ、とにかく、しっかりやるように、な』

何も言えないまま、聞かれないまま、電話が切れる。静はぐっと冷たい端末を握りしめた。

――おお、こりゃすごい。さすがは俺の息子だ、なあ静。

静、と呼ぶ声。大きな掌。甘い甘い飴。口にしたことのない、幻の。

なんでまだ、求めてしまうんだろう。あの男の評価。家族の時間。手に入らないと、分かっているのに。

心がからからに乾いていく。惨めだ。サブに覚醒した自分も、それをあの男に言えない自分も。

「けほっ」

咳き込みながら、エレベーターの呼び出しボタンを押す。

皮肉なことに今日はプレイの日だ。日常で一番、サブになったことを実感する日。櫛田とのプレイは、いつも心も身体も満たしてくれるけれど。

やけに重くなった足を、引きずるようにして静は到着したエレベーターに乗り込んだ。


あの男が、今の自分の姿を見たら、何と思うだろう。

男に従わされ、獣のように両手両足を床について、尻を突き出している。

「んっ……」

ゆっくりと後孔から櫛田の指が引き抜かれ、静は小さく息を吐いた。

物の少ない櫛田の寝室で、ベッドサイドの小さな明かりだけが、服をきっちり着たままの櫛田と、丸裸の静をぼんやりと照らしている。

二本の指がスムーズに挿入できるようになるまで、じっと四つん這いの姿勢を取らされていた静は、多少のしびれを感じている左手を、握ったり開いたりした。

いつもならそのまま次のプレイに移る櫛田が、いったん手を止め静の前に回る。

「上の空やな。今日はこの辺でやめにするか？」

「いえ、続けてください。……ひどくされたい気分なんで」

顔を覗き込んでくる櫛田にそう答えると、櫛田の整った眉が少し歪む。

それでも何も言わず、立ち上がって次のプレイの準備をする後ろ姿をぼんやりと眺めた。

櫛田がせっかく相手をしてくれているのに、あの男のことが頭をちらついている。

「これ、入れよか」

痛みが欲しいのに、櫛田が示したのは小さなローターだった。

「え……それ……じゃなくて、叩いたりしてほしい……です」

「今日はこっちや」

櫛田は有無を言わさず静の背後に回り、小さなローターを濡れた穴に押し当てる。逆らえずに俯くと、たっぷりとローションをまとった玩具が、じわじわと挿入された。

「僕が許すまで、我慢しいや」

命令と共にローターのスイッチが入れられ振動が始まった。数度のプレイで慣らされたそこに、じんわりと快感が広がる。様子を見ながら少しずつ位置を変えられ、より敏感な場所に当てられればたちまち声が漏れた。

「あっ、あっ」

びくびくと穴がうごめき、小さな玩具を締め付ける。

櫛田の手が、快感に耐える静の髪を、ゆっくりと撫でた。

優しくされる恥ずかしさと快感を我慢する切なさがない交ぜになって、頭がぼうっとする。

「これじゃなくて、もっと、痛くして……んんッ」

　抗議するが、痛みは与えられずに既に張りつめている性器をそっと撫でられた。少しずつ性感を高められた身体は、緩慢な愛撫にも過敏に反応してしまう。

「あ……も……いや……むり……」

「まだや」

　言葉と共に振動をもう一段強くされ、身体を支える腕が震えた。つま先に力を入れ、何とか快感を逃がそうとする。するとそれを見透かしているかのように、太ももを柔くくすぐられて静は細い悲鳴を上げた。

「ひ、あ、も、無理、です、無理……ッ」

「もう少し」

　今日の櫛田の責めは決してハードではないけれど、逃げ場がない。

「気持ちええか？」

　ついにはきゅっと性器の先端を握られて、静は大きく背中を反らした。

「あ――っ」

　びく、びく、と濡れそぼった性器が震える。達してしまったかもしれない。一瞬の忘我の後、失態に身体を強張らせる。

「お、俺」

「よう、我慢できたな」

良かった。言いつけを破らずに済んだ、と訳も分からずほっとする。

「ほんまに君は、我慢強い子ぉやな。ほな、我慢せんと気持ちようなってええで」

「ま、待っ」

気持ちよくなりたいわけじゃない。いい子でもない。痛くしてほしいのに。

「ええ子や。ええ子」

優しげな声とは裏腹に、容赦ない強さでぐちゅぐちゅと先走りにまみれた性器を扱かれた。ローターがうなりを上げるほど振動を強くされ、瞬く間に目の前がちかちかと白く点滅し始めた。

「あ、あ、あ」

「全部ほうって、気持ちよくなり」

腰がぶるぶると震え、四つん這いのままでいられなくなる。

「こっちな」

声と共に上体を起こされ、腕を引かれる。促されるまま、静は目の前の身体にしがみついた。両腕でぎゅっと抱きつきながら、絶頂を迎える。

プレイはもう何回かしてきたけれど、こんな風に達したのは初めてだった。

ローターが引き抜かれる刺激に身体を震わせると、背中に櫛田の手が回り、あやすように撫でおろす。まだ続く快感に肌を戦慄(わなな)かせながらも、心は不思議な安堵感で満ちていた。

——ここにいられたら、他には何もいらない。

これまで、誰といた時も、こんなふうに思ったことはない。

手足にギュッと力を込め、櫛田の存在を確かめる。

「羽田君？　大丈夫か？」

あまりに力が強かったのか、櫛田が声をかけてくる。間近にある切れ長な目に、自分の姿が映っていた。途端に、甘ったれた自分の姿が恥ずかしくなる。

「……痛くしてほしいって、言ったのに」

「たまには、僕のしたいようにしてもええやろ」

そう言った櫛田の手が、また背中を撫でてゆく。

「櫛田さん、俺にしたいこととか、あるんですか」

櫛田はただ発散に付き合うために、淡々とプレイをこなしてくれているのだと思っていた。驚いてじっと見つめると、ふいと目を逸らされる。

答えは期待できないかと思い始めた矢先、櫛田がぽつりと呟いた。

「君が優しくせんとってって言う時は、優しくしたい」

乾いた心に、一滴の雫が落ちる。沁みわたってゆく。

ここにいられたら、他に何もいらない。心が揺れた。

「好きです」

あの男のことも、どうしようもない自分も、どうでもよくなる。

ただ、幸せを感じる。幸せになれる、なっていいと感じる。櫛田といられたら。

「好きです、俺……」

熱に浮かされて繰り返した時、ふっと櫛田が目を伏せて、静は我に返った。

いきなり何を口走った。抱き合った姿勢のまま、狼狽(ろうばい)で身体が冷える。櫛田との間に、恋愛を持ち込むなんてありえないのに。

「あ、シャ、シャワー、借ります」

慌てて立ち上がる。大丈夫だ。セックスの時なんて、大抵思ってもいないことを口走るものだ。適当に聞き流してくれるだろう。自分も、櫛田も大人だ。

――好きです。

それでも、まるで小学生のような告白が、頭から離れない。

もし、櫛田と本当のパートナーになれるとしたら。考えないようにしていた可能性を、勝手に脳が期待し始めてしまう。

「この前のシャツ、出しとくな」

ささいなことに、胸がきゅっとなる。立ち尽くしていると、心配そうにこちらを見る目も、たまらない。

「……どうした」

「や、なんだか本当のカップルみたいだなって」

櫛田が、もう一歩でも踏み込んできてくれたら。自分はすべてを差し出せるのに。

けれどももちろん、櫛田は何も答えない。静はひとつ前の台詞を、笑って誤魔化した。

「まあ、どっちかっていうと母親ですかね。櫛田さん、世話焼きだから」

「君は色々、無頓着やからな。放っておけば食事もろくにせえへんし」

そう言って、微かに目を細めるのには、どんな意味があるのか。今、何を考えているのか。本当は知りたくてたまらない。

けれど黙って自分で脱いだ下着を拾う。

「櫛田さんのパートナーになれる人は、幸せですね」

ドアノブに手をかけて、何でもないように言うと、ようやく答えが返ってきた。

「……前にも言ったと思うが、僕はパートナーを作る気はない」

自分の後にシャワーを浴びるつもりなのだろう、ワイシャツの袖口のボタンを外す櫛田が、こちらを見ていなくて本当に良かったと静は思った。すぐに廊下へ出て、後ろ手にドアを閉める。冷たくなった指先を温めに、静はバスルームへ向かった。

「うん、問題なさそうですね。今回も前回と同じ抑制剤を処方できます。お仕事が忙しくなりそうなのであれば、もう一段階強い薬にしても大丈夫ですよ」

血液検査の結果を見ながら君塚がにこやかにうなずく。

月に一度の診察日、静はほっとする反面、微かな恐怖を抱いた。

このまま順調に強い抑制剤を使えるようになれば、櫛田との関係を終えられる。終えなければならない。どちらを望んでいるのか、自分でも分からない。

「まあでも、良いパートナーができたのなら、それほど強い薬は必要ないですね」

「え？」

「櫛田さん、っていうか櫛田先生と言った方がいいのかな。医師免許をお持ちの方が同じ職場にいらっしゃるでしょう。あの方が羽田さんのパートナーなんですよね」

唐突な言葉に面食らっていたら、突然君塚が櫛田の名前を出した。

「違います！　あの、っていうかどうして櫛田さんのことをご存じなんですか？」

「少し前に、あなたのことを聞きたいと言って電話をかけてこられたんですよ。医師免許をお持ちなだけあって、非常に抑制剤にも詳しくて驚きました。頼りになるパートナーができたから、強い抑制剤は必要なくなったのかと思ったのですが」

櫛田の庇護欲が強いことは薄々感じていたが、勝手に担当医に連絡するほどとは思わなかった。恥ずかしさに頬が熱くなる。

「いろいろ教えては貰っていますけど、その、パートナーではないです」

「そうですか。羽田さんはあまり私にも頼って下さらないし、覚醒したばかりで不安な時はどうされているんだろうと心配してたんです。身近に相談できる方がいて良かった」

「はあ……」

「でも、パートナーでないのなら、ドムの方とあまり近づきすぎるのは良くないですね。一方的に支配される恐れもありますし、自分ばかりサブ性を刺激され、プレイを求めてしまってつらくなるといったケースもありますから」

　君塚の助言に、静は奥歯を噛んだ。

　櫛田が一方的に支配をしてくることなどまずないだろうと分かっている。後者の心配は、少し前までの自分なら何の気なしに大丈夫だと言えただろうけれど。

「ああ、それと……実は、どこかでお聞きした名前だと思っていたんですが、思い出したんですよ。私、ほとんど一方的にですが、櫛田先生を存じ上げてるんです」

　静は驚いたが、医師の世界は案外狭いと聞くので知り合いでもおかしくないのかもしれない、と思いなおす。しかし次に君塚の口から飛び出したのは、さらに思いもよらない言葉だった。

「彼、昔、パートナーを薬物中毒で亡くされてますよね」

「え？」

「十五年程前かな。彼のパートナーの女性、彼より少し年が上だったと思いますが、薬物中毒で身体を壊して入院されていて、結局亡くなったんです。私はその病院で、研修を受けていた。当時の同期に電話してみたんですが、男性は確かに櫛田先生でした」

突然の情報に頭が真っ白になる。

癖なのだろう、腕時計のフェイスを指先でトントンと叩きながら、君塚は続けた。

「その頃の抑制剤は副作用が強くて、しかも保険の適用がなかった。だから抑制効果があると謳われる怪しげなドラッグが、D／Sの間で蔓延してたんですよ。D／Sに覚醒してショックを受けた人間がそういう薬を乱用して中毒になる悲しい事件が結構あったんです」

パートナー――抑制剤――過剰摂取――中毒死。いくつものキーワードが、頭の中をぐるぐると回る。

「櫛田先生は当時まだ学生で、パートナーとはお互いが覚醒の相手同士だと言っていたそうです。お気の毒ですね」

「っ、は、はい……」

答える声が震えた。平静を装えているか分からない。

「すみません。余計な話をしてしまいましたね。それで、抑制剤ですが、前回と同じものでいいでしょうか」

「……あの、もう一段階強いものでも大丈夫なんですよね」

自然と、そう聞いていた。君塚はにっこりと微笑んだ。

「ええ。数値的には余裕があります。では、そちらを処方しますね。何か問題が起こったときは、すぐ病院に来てください。私の携帯に連絡をくれてもいいですし」

さらさらとカルテにペンを走らせる君塚を前に、静は彼の放った言葉がまるでパズルのピースのように、これまでの櫛田の言動と組み合わさっていくのを感じていた。

櫛田が、抑制剤の服用に過敏になる理由。

もっといえば、なぜ櫛田があれほど自分を気遣い、惜しみなくその優しさを注いでくれたのか。

なんだ、そういうことか。

病室での櫛田の怒り。薬物犯罪への憎しみ。そして、二度とパートナーを作らないと決めている理由。分かってしまえば呆気ない。自分の感情に振り回されていなければ、もっと早く気づいていたかもしれない。

「よろしくお願いします。早く、発情を薬だけで完全に抑えられるようになりたいですし」

君塚に向かってそう話す自分の声が、どこか他人のもののように耳に響いた。

恩田の二回目の聴取が許可されたのは、前回から実に一か月以上が経過した頃だった。その上、面会時間は二十分という制限を設けられるほど、恩田は弱っていた。薬物からの離脱症状より、発情が深刻なのだという。重度の薬物依存で身体が抑制剤を受け付けなくなっており、しかし医療行為としてのプレイも本人が拒んでいる状態で、強い鎮静剤を投与して何とか発情を和らげているらしい。

その日、担当医の説明を聞いてから櫛田と共に病室に入った静は、恩田の変わりように目を瞠った。明らかに頬がこけている。

ベッドの上にぼんやりと座っていた恩田は微かに首を動かし、静を見つめた。その目にも以前の力強さはない。

「状態は聞いてる。……辛そうだな」

あまりの変貌に、ついそう声をかける。

「マジ、こんな時にドムにそばに来られるとしんどい」

恩田が掠れ声で弱音を吐いた。発情が来た時の焦燥感や飢餓感を思い出し、なんとも言えない気分になる。

「お前が素直に喋れば、すぐに終わらせてやる。岸部に話を聞いた。お前、あの車を売人から買ったというのは嘘だな」

恩田はまるでこちらの声が聞こえていないかのようにぼうっと見つめてくる。見つめ返すと、恩田が静の背後に目線を動かした。

「ねえ、あんた、出て行ってくれない？　羽田さんとだけ話がしたい」

気まぐれのようで、しかしはっきりとした呟きだった。

静は振り返り、櫛田と目線を交わした。

「……事件のことを話す気があるのか」

櫛田が恩田に聞く。櫛田に見つめられた恩田は、微かに頷いた。

「分かった。五分だけ出て行こう。扉の前で待機する。五分経ったら必ず戻る。変な気を起こすんじゃないぞ」

恩田が事件について話すと信じたわけではないだろう。ただ、膠着状態を打破するきっかけにはなるかもしれないと踏んだのだ。それに、今の恩田は、この前のようにグレアもどきを仕掛ける元気もないだろう。静も同じ考えだった。

「二人きりになれたね、羽田さん」

櫛田が出て行くと、恩田の声に少し軽さが戻った。櫛田は抑制剤を使っているとはいえドムなので、その気配を感じるのは苦痛なのかもしれない。しかしもちろん、演技の可能性もある。この五分をどう使おうと思案しながら静は探りを入れた。

「なんで俺と話がしたいんだ」

「ごめん、別に話すことはないんだ。ただ、羽田さんも少し弱ってるみたいに見えたから」

恩田はうつむき、腹の上で組み合わせた手を見つめていた。

「あのドム男と、なんかあった？」

「別に弱ってなんかない。この前も言ったが、俺と櫛田さんの間には何もない」

こいつの鋭さは本当に厄介だ、と静は舌打ちしたい気分になった。

それでも平静を装って答えると、恩田の口元が、笑みの形に歪む。

「そうだね。分かってる。俺たちって弱さを認められない人種だよ」

何もかも見透かしているような言葉だった。こいつのペースに引きずられてはいけない、とひとつ咳払いをする。

「岸部はお前がある日突然車と一緒に消えたと言った。そのことに間違いはないな」

「……良亮に会ったんだ。元気だった？」

前回、あれだけのらりくらりと否定した岸部との関係をあっさりと認める。どうやら本当に、弱っているようだった。

「お前のことを心配していた」

それだけ伝えると、やせ細った手がぎゅっとシーツを掴む。

「アポロに手を出したのは、彼と付き合っていた頃か。どうしてそこから、売人にまでなった。もう、全部話して、楽になったらどうだ」

その言葉はもちろん、刑事として取り調べのために放った言葉だった。けれどそれは同時に、静の本心でもあった。

「りょうすけ……」

恩田が、小さな声で呟く。気づけば彼の額にはうっすらと汗が滲み、シーツを掴む手が、色が変わるほど強く握りしめられていた。

「おい、看護師を呼ぶか？」

「いらない。ただ、サブに生まれたの、マジ、呪う……」

恩田は力なく首を振り、呪詛を吐き出す。発情が来ているのだ。

同情しそうになって、静は舌打ちした。

「お前が今苦しんでるのは抑制剤が効かないせいで、抑制剤が効かないのは違法薬物を乱用していたせいだ」

「……ハハッ、痛いとこ突くね。そんなとこもマジ、俺に似てる」

似ている、のかもしれない。同じサブだからというだけでなく、もっと根本的な部分が。表面的な気の強さと、内面の脆さ。弱さを認められずに、破滅の道を選ぼうとする。少し前までの自分に恩田の姿が重なり、静はふと顔を上げた。

――あいつ、助けてほしい時に、助けてほしいって言えない奴だから。

岸部の言葉が、耳の中でこだまする。

「なあお前、本当は、自首しようとしてたんじゃないか」

少し前までの自分は、すべてが終わりになればいいと、無意識に願っていた。一方で、救済を求めながら。

もしかしたら恩田も、同じだったのではないか。そう思いながら記憶を辿る。

「だからあの日、あそこに車を停めた。警視庁まで徒歩圏内。九月十六日。警視庁内に、特性対ができると正式に発表された日だ。お前はそのニュースを見て、警視庁に来たんだ」

「……ちがうよ」

小さな声だった。

俯いた恩田の肩はやせ細り、ひどく幼気に感じて静は思わず手を伸ばした。けれど直前で、触れてもいいものか指先が躊躇う。その時、腕時計が外れかかっていることに気づいた。以前櫛田に指摘された革ベルトの傷が拡がっている。修理や買い替えが面倒で、あの後もつけ続けていたせいだろう。慌てて腕時計を右手で押さえる。

その挙動を不審に思ったのだろう。恩田がのっそりと顔を上げて静の方を見た。

咳払いしながら、ひとまず腕時計を外そうと金具に指をかける。

「お前、意地を張っていないでプレイを受けたらどうだ」

こんなに苦しんでまで、プレイを受け入れない恩田が、静には不思議だった。もしかしたら特定のパートナーがいて、その相手に義理立てしているのだろうか。

「あ……」

「どうした？」

時計から顔を上げると恩田の顔面が紙のように真っ白になり、目は恐怖に見開かれていた。こちらの声など聞こえていないかのように虚空を見つめ、口の中で何かをぶつぶつと繰り返す。

「どうした、大丈夫か」

焦って呼びかけると、恩田は両手で頭を抱え、上半身を折ってベッドに突っ伏した。

「待ってろ、今看護師を……」

「気が変わった。彼氏を呼び戻しなよ。全部話す」

「え？」

ベッドサイドのナースコールボタンを押そうとすると、唐突に恩田がそう言って、静はぽかんとした。

すぐには意味を飲み込めない静の前で、身体を起こした恩田が矢継ぎ早に言葉を繰り出す。

「何してんの？　また俺の気が変わる前に、さっさとした方がいいよ。聴取って、二人でやらないと正式な記録にならないんでしょ。ほら、早く」

恩田を見ると、さっきまで虚ろだった瞳に光があった。力を取り戻したようにも、熱に浮かされたようにも見える。突然の変化に戸惑う静に、恩田はすらすらと言った。

「三鷹と柏に工場がある。原料の仕入れは国内と海外が半々。全部の口座を俺が管理してる。最終レシピを知ってるのも俺だけ。……俺がエースだよ」

まさに目の回るような忙しい日々が始まった。

恩田の全面自供によってアポロの製造・流通・販売の全容が明らかになり、その裏付け捜査に本部全員が駆り出されることになった。製造工場の摘発、口座の金の流れ、原材料の仕入れ、恩田を頂点とした百人を超える売人ネットワークの全体像――。報告書は積み上がり、日々情報が更新されていく。

「本当に、恩田は用心深い男です。二か所の製造工場ではいずれも、最終製品であるアポロは製造していませんでした。恩田の供述では、アポロを完成させるレシピは恩田しか知らない。工場で製造された二種の薬品をウィークリーマンションなどに運び、恩田自らが調合を行っていたようです」

本村に報告しながら、静は襲い来る眩暈に耐えていた。

「なるほど。これでいよいよ決まりだな！　主犯は恩田、恩田で行くぞ」

「しかし検察は、恩田による売人たちの支配に疑問を持っているようです。サブで薬物中毒の彼が、売人組織を完全に掌握していると言えるのか、土壇場で証言をひっくり返されないか。現時点で勾留している売人の中で、元締めの正体について口を割った者はいません。恩田で立件するなら、あれだけ強い支配をサブの恩田が成しえた証拠が欲しいと」

「それはこっちも分かってると言ってやったんだろうな。……おい、羽田、顔色が悪いぞ」

「すみません。報告は以上です」

　頭を下げ、一度部屋を出る。

　階の端にあるトイレにたどり着くと、静は思わず壁に寄り掛かった。恩田の供述が始まってから一週間、まともに自宅で眠ることができていなかった。それくらいの忙しさならこれまでにも経験していたが、まずいことに、昨日から発情の兆候が表れている。あと数日、恩田の調書をまとめ終えるまでは、何とか誤魔化したい。

　ピルシートを取り出し、掌に薬を押し出す。先週のプレイ予定は、忙しさを理由にキャンセルした。それでも何とかなっているのは、薬を強くしておいたおかげだった。

　手洗いの水で規定量を飲み下してしばらくすると抑制剤の効果が表れ、眩暈が収まってくる。鏡を見て、目の下に浮いた隈を睨んだ。

　今夜も徹夜になるだろう。そして、ここ数日厚労省の方に出勤していた櫛田が夜には合流できると連絡を寄越した。今、彼に発情に気づかれることは避けたい。君塚から彼の過去を聞いてからというもの、プレイをする気にはなれなかった。

　念のため、もう一、二錠飲んでおいたほうがいいかもしれない、と思い直す。シートから薬を取り出したところで、苦い失敗が頭を過った。いや、あの時よりも身体が薬に慣れているし、強度的に余裕があると君塚にも聞いている。それでも逡巡していると、誰かがトイレに入ってきた。

長身の男は最初からまっすぐ静の方を見つめていて、彼が用を足しに来たわけではないらしいことがすぐ分かる。何か言いたげな彼の顔を見て、静は嫌な予感がした。

「櫛田さん、お疲れ様です」

「疲れた顔だな。ここのところ、全く休んでいないだろう」

静は努めて軽く答えた。

「それは皆同じじゃないですか。俺は事務所詰めなだけ、体力的にマシですよ」

「その様子じゃまた食事を疎かにしているな。パンを買ってきた。本当は、何か作ってやりたいが」

そう言った櫛田の瞳には、微かだけれど優しい色が滲んでいる。見ていられなくて目を逸らした。

「先週はプレイできなかったが、発情の方は問題ないか?」

「はい。この前抑制剤を一段強くしてもらいましたから、そのおかげですね」

予想していた質問なので、答えを用意している。すると、櫛田の目が何かを見定めようとするように細められた。

「やはり、顔色が悪い。自覚症状はないかもしれないが、発情が来かけてるんじゃないか」

「だから、大丈夫ですって。じゃ、お先に」

櫛田にじっと見つめられると、何もかもを見透かされそうな気がして焦る。掌の薬剤をぎゅっと握ってさりげなく立ち去ろうとした静は、腕を掴まれて息を呑んだ。

「っ、何」

「ほんまに、大丈夫なんか」

身体ごと引き寄せられ、耳元で囁かれる。関西弁を使われると、一気に櫛田を身近に感じてしまう。触れられたくないと思っているのに、反射的に肌が震え、さっき抑制剤で消えたはずの発情の熱がじわりと煽られた。

「手ェ、冷たいな」

「あ……」

櫛田の手が、捕まえた右腕を辿る。まるで何を隠しているか知っているみたいに、握った拳を開かされた。掌から錠剤が滑り落ち、冷たい床に転がる。

「これは、どういうことや」

「な、んでも、ない、です。あとで、飲もうと、思って」

櫛田の纏う空気の変化に、恐怖がむくりと顔を出す。同時に、腹の底にぽっと火が灯った。

まずい、と静は焦った。今、櫛田とプレイはしたくない。

「何でもいいじゃないですか。櫛田さんには関係ないです」

「……もう一度、言うてみ」

櫛田の声が一段、低くなった。それだけで、びくついてしまう自分が恨めしい。

「今、プレイをしてる暇はないですし、早く抑制剤だけで生活できるようになりたいんです。今回の薬は強度的に余裕があると、担当の先生に言われていますし」

「出し」

櫛田の命令は短かった。

「は？」

「持ってる抑制剤、全部、出し。僕が管理するわ」

「な……っ、なんでそんな……っ」

抗議すると、櫛田の眼光が鋭くなる。グレアされるのか、と思うと、頭の中がカッと沸騰した。

そうやって、ドムの力で従わせようとするのか。俺の、本物のパートナーでもないくせに。

「俺が昔のパートナーみたいに、薬物中毒になって身体を壊すのが、そんなに心配ですか」

吐き捨てると、櫛田の目が驚きに見開かれた。

それを見て、確定した真実に胸がキリキリと痛む。

「櫛田さんの覚醒の相手も、自分がサブなことが受け入れられなくて、クスリを飲みすぎたんですよね。俺と同じじゃないですか。重ねるのも無理ないですよ」

「君にそのことを、話すつもりはない」

櫛田の声が、低く低く冷えていく。同じように、静の心も冷たい怒りに満ちた。

俺には何でも話せと言ったくせに、自分のことは隠し続ける気だ。結局、対等になんて見られていなかった。櫛田は哀れなサブに、過去のパートナーを重ねていただけ。

「もう二度とパートナーを作らないって決めるくらい、その人のことを引きずってるんでしょう。それは分かりますし、気の毒だと思います。でも、その人と俺は違いますから。俺は、櫛田さんの本当のパートナーじゃないし、これ以上干渉されたくありません」

ただ、必死に冷静に話そうとしても、唇が震える。

嘘だ。本当はどこまでも、櫛田に甘やかされていたい。

どうせ期間限定の関係だ。櫛田の優しさが過去のパートナーに向けられたものでも、構わないはずだ。あともう少しだけ、甘えていればいい。

頭ではそう分かっているのに、どうしても我慢できない。彼の愛情が自分のものではないと知ったうえで、櫛田とパートナーのまねごとを続けることはできない、と思った。

ただ優しく、触れられることすらつらい。

とにかく俺にもう構わないでほしい。

「プレイなら、他の人にしてもらいます。それだったら文句ないですよね」

「本気か」

低く静かな声が問う。

櫛田の刺すような視線に、また肌がざわつく。静は耐えきれなくなって、語気を荒げた。

「することは一緒でしょう。ドムなら誰でもいいですよ」

そう言うと、腕を掴む手の力がようやく緩んだ。

ほっとすると同時に、泣きたいような気持ちになる。相手が誰だってよければ、どれだけ良かったか。こんなふうに、櫛田に執着せずに済めば。

涙が滲みそうになり、慌てて踵を返す。けれど次の瞬間、さっきより強い力で両腕を掴まれ、引っ張られた。同時に、強い櫛田の怒気を感じて、肌が粟立つ。

目が合うと、一瞬で身体が硬直した。

「……っ」

グレアだ、と認識した時には、櫛田に引きずられ、気づけば一番奥の個室に身体を押し込まれていた。

初めて体験する櫛田のグレアは強烈だった。ひと睨みで、息もできぬほど恐怖を感じている。心が芯まで冷え切り、絶望に支配される。高揚感は全くなかった。ただ、櫛田の怒りだけが伝わってくる。

身体に力の入らなくなった静は、されるがまま便器の蓋に座らされ、足を開かされた。

櫛田は無言のまま静のネクタイを抜き取り、両腕を上げさせて手首を縛る。

「ひあっ?!」

伸びてきた手に、まずはジャケットのポケットを探られた。続いてシャツの胸ポケット、スラックスのサイドポケットを検め、ピルシートをつまみ出していく。狭い個室では、身体を捩っても、ろくな抵抗にならなかった。

「返せ……ッ」

恐怖に震える唇を無理やり動かすと、もうひと睨みされて、さらに身体が縮み上がる。

「今、発散するから、いらんやろう」

冷たく囁いたその言葉に、鳥肌が立った。いやだ。したくない。

そう思うけれど、身体が動かない。スラックスの前を寛げられ、下着から性器を掴みだされても情けない悲鳴をこぼすだけ。

無表情の櫛田が雑に性器を扱き始めても、腰を引くことさえできなかった。こんなに強く支配され、自由を奪われたことは、これまでのプレイで一度もない。その気になれば櫛田はいつでもこんなふうにできたのかと思うと、恐ろしかった。

縮こまった性器はなかなか芯を持たない。櫛田はもう片方の手を静の胸に這わせると、胸の先をいきなりねじり上げた。

「イッ」

痛みが身体の芯まで響き、頭がますます恐怖に支配される。一方で、痛みに慣らされた身体が条件反射のように熱を持ち始めた。

「うっ、う」

思わず呻くと、乳首を弄る手が止まった。いつもならすぐに反応する性器が、萎えたままなことを気にしたのだろう。今度は力を緩められ、先端をくりくりと揉み始める。突起の周りを優しく辿られると、そこから快感が広がり始めた。櫛田の瞳は冷たいままだが、痛みの後に愛撫を加えられると、勝手にケアだと受け止めてしまう。

静の反応を見て、性器を扱う手が巧妙に、弱いくびれの部分を優しくあやし始めた。

怖い、とまだ頭は恐怖に支配されているのに、胸の先も性器も硬くなり、息が上がる。

「あ、い、いや」

嫌、と口走っても性器は先走りをこぼし始め、乳首はもっといじめてほしいというようにぴんと張る。

ぎゅっと乳首を摘まれ、性器を大きく上下に擦られると、静はあっけなく達してしまった。

「はあ、あッ？」

櫛田は間髪を容れずに静の腰を抱き、身体を返すとうつぶせに倒す。

縛られた両腕の肘をトイレの蓋につく苦しい格好で、尻を高く上げさせられた。そうして丸見えになった尻穴に、何かがぬるりと塗り付けられる。

それがさっき自分の放ったものだと気づく間もなく、今度は背後から伸びてきた手に顎を掴まれ、口を開けさせられた。

「ふ、ううッ」

口に指を突っ込まれ、指先で舌を摘まれる。

開きっぱなしになった口からはぼたぼたと涎が垂れた。口内にたまった唾液を、蠢く櫛田の指が掬っていく。

息が苦しい。上半身を支える肘が痛い。命令する言葉すらなくただ身体を蹂躙されて、身体の昂ぶりとは正反対に心が冷えていく。

しかし何も言えず、従ってしまう。櫛田はたっぷり静の唾液を指に纏わせると、その手を静の尻に宛がった。

「ふあッ」

精液と唾液のぬめりを借りて、櫛田の指が後孔に侵入してくる。いつものような入念な慣らしのない挿入はぴりりとした痛みを伴った。

「んっ、んっ」

櫛田は挿入する指をすぐに二本に増やし、まるで性器のようにピストンさせた。

問題なく出入りできるようになると、二本の指は探るように内部を這いまわり、熱を持った粘膜をくまなく愛撫していく。特に感じる場所を指先が掠めると、鼻から抜けるような声が漏れてしまう。

やがて中指がくっと折り曲げられた時、脳天（のうてん）からビリビリと電流が突き抜けるような刺激を静は味わった。

「アッ、ああッ」

二度、三度、と確かめるように同じ箇所で指を動かされ、そのたび反射的に嬌声が出る。その電流が強すぎる快感だと身体が理解したころには、腰から下がガクガクと震え始めていた。ただ二本の指を抜き差しされ、ある一点を刺激されるだけで信じられないほど気持ちがいい。さっき精を放ったばかりの性器が、たちまち頭をもたげた。

快感が強すぎて、恐怖で硬直した思考にぼんやりと霞がかかっていく。

「どうして……」

朦朧とする意識の端っこで、櫛田が何事かを呟いているのが聞こえる。けれどその意味を捉えることはすでに難しかった。

櫛田のもう片方の手が再び性器を捉え、そこを扱き始めたからだ。

「あああああッ」

指で作った輪で、膨れて濡れそぼった性器を締め付けながら上下に擦られる。後孔をいじる指と合わせ、決して止まる気配のない櫛田の両手は、地獄のような快楽を静に与えた。

「あっ、い、いく」

あっという間に、びゅく、と二度目の精を吐き出して、脳天がくらくらと快感に酔う。けれど余韻も何もなく、射精の間も擦られ続けて静は悶絶した。

「ヤッ、ヒッ、アッ、アアアッ」

達したばかりの性器の敏感な粘膜を容赦なくこねくり回され、後ろは何度も抽送を繰り返され、内側の弱い部分を繰り返し擦られ、絶頂の波が絶え間なく襲ってくる。

射精を我慢させられたことは何度もあったが、こんなふうに暴力みたいに、何度も射精させられたことはなかった。

「ま、アッ、やッ、あ、アンッ」

身体は痙攣し続けているような状態になり、性器はだらだらと白濁を垂れ流し続け、時々ぴゅっと薄い液を噴き出す。断続的なオーガズムはすべての意思とコントロールを奪った。涙も涎も止められず、快感を拒もうにも、もうどこにも力が入らない。床に膝をつき、便器にべしゃりと突っ伏しても、櫛田は責めを止めなかった。

何度達しても、中の敏感な一点を突かれると身体が跳ねてしまう。

「ハッ、はぁう、や、も、む、ア、や、あ、あ、あ」

止めて、と言っているつもりでも言葉にならない。櫛田の両手がまるで無慈悲な機械のように、静を苛み続ける。過ぎた快楽に、鳥肌が立ち始めた。

これはプレイなんだろうか。

これ以上ないほど近くにいるのに、櫛田がここにいない気がする。

「あッ、あ」

ついに上半身がずるりと便器から滑り落ちる。櫛田の足元にうずくまる格好になった静は、本能的に櫛田の脚に頭を擦り寄せた。

――ここにいて。行かないで。

スラックスの裾に頬を擦りつけると、微かに嗅ぎなれたにおいがする。

「あ……」

そこに確かに櫛田を感じ、少しの安堵と共に、静は意識を手放した。


何が起こっても、人生は続いていく。時には、絶望という言葉では言い表せないほどひどい出来事が起こったとしても。

その日静は朝から自席で君塚に電話をかけていた。

職場から君塚と話すのは奇妙な気分だ。

『サブが他のサブを支配することは有り得るか……ですか?』

本部での議論で、最終的に問題にされたのはその一点だった。恩田が使っていたと証言したサブの売人たちは、一様に恩田を知らないと供述している。それが恩田の支配によるせいなのかが鍵となり、静は本村からの指示で、専門医である君塚の意見を聞くことになったのである。

『うーん。可能か不可能かでいえば、可能ですね』

「本当ですか？　それは、どうやって？」

受話器を握る手に思わず力が入る。

『アポロはもともとドムっ気の強い人はD性が拡大し、サブっ気の強い人はS性が拡大すると言われていますよね。私はD／S専門医として個人的に調べてみたのですが、アポロにはD性、S性を拡大する両方の成分が含まれていて、値の高い方が現れているだけのようなんです』

「なるほど、つまり……D性だけを高める成分っていうものが存在するんですね」

『ええ。その成分を摂取すれば、理論上はサブもD性のみを拡大することができ、D値がS値を上回れば疑似ドムになれます。もともとのDスコアが高いサブであれば、疑似ドムとなってサブを支配することは十分有り得ますね。それどころか、ドム同士のグレアで疑似ドムが勝利する可能性もないとは言えません。実際、アメリカでは実験も進んでいて……』

専門分野だけあって、君塚はとても饒舌（じょうぜつ）だった。聞き取りながら必死でメモを取る。

彼に指示され、恩田のカルテ情報などを確認すると、恩田の身体からはD性を拡大する成分がS性を拡大する成分を大量に上回って検出されており、彼がアポロ以外に独自に調合したドラッグを服用していた可能性が極めて高いことまで判明した。

「あの……先生、今のお話、たとえば意見書として書類で提出をお願いしたり、あるいは裁判で証言していただくことは可能でしょうか」

『その、薬物事件の関係でですか？　ええ、捜査に協力できることがあれば、何なりとおっしゃってください。本業に差し障りのない範囲であれば、お手伝いします』

よし、と心の中でガッツポーズをして電話を切る。

本村のもとへ飛んで行って報告すると、君塚に正式な報告書を提出してもらうことで話がまとまり、長く続く捜査に疲弊していた本部の空気は俄かに明るくなった。

「羽田さん、おめでとうございます。やっぱり決め手は恩田の全面自供ですよね。サブの容疑者を聴取するコツとか、あるんですか？」

久しぶりに声をかけてきた三好を軽くいなしていた静は、活気づく対策本部室の入り口に長身の影を見つけた。反射的に肩が震える。櫛田はすでに、静を見ていた。

静と櫛田は、しばし立ったまま見つめあった。櫛田は一歩も動かない。彼は自分の出方を――許可を待っているのだと、ほどなくして静は気づいた。

今、櫛田を見ると無条件に昨日の出来事を思い出し、身体が怖気づく。しかし静はきっと唇を結ぶと、櫛田に向かって歩き出した。まだ動かない櫛田の脇を通り抜け、自分がまずドアを出る。少しして振り返ると、数歩後ろに櫛田がついてきていた。

昨夜、静が短い気絶から目覚めると、櫛田はすでに正気を取り戻していた。助け起こそうとする手にびくつく静を見て、櫛田はタクシーを呼ぼうとしたが、静はそれを断って一人で帰宅した。

庁内でできる話でもないので、結局静は日比谷公園まで歩いた。十一月の紅葉の美しさが、どこか空々(そらぞら)しく目に映る。

入り口にほど近いベンチの前で立ち止まると、距離を取って櫛田も立ち止まる。静は何も言わずに櫛田と向き合った。よく見ると櫛田の目の下に、うっすらと隈が浮いている。眠れなかったのかもしれない、と思うと胸が疼いて、静は唇を噛んだ。

昨夜の出来事は、ひどく静を混乱させた。

無限に恐ろしく、屈辱的で、思い出すだけで身が竦む。

まだ、怖い。けれど、信頼してもいる。というより、信頼したがっている、が正しいかもしれない。心の中でシーソーがせわしくなく右へ、左へと交互に傾く。

黙ったままでいると、櫛田が意を決したように口を開いた。

「昨日の今日で、君は僕の顔も見たくないと思うが……。厚労省からの急な要請で今日からしばらくの間、むこうに詰めることになった。謝って許されることではないが、その前にどうしても君に謝っておきたい。昨日は、本当に申し訳ないことをした。すまない」

そう言って、櫛田は深々と腰を折った。

そう。櫛田はいつだって自分の非を認める。静は目を伏せた。

「……俺も、悪かったです。過去のパートナーの人とのことを持ち出して」

「それは関係ない」

否定の言葉がすぐに飛んでくる。静は目を瞬いた。

「……じゃあ、どうしてあんなに怒ったんですか」

自分が打ち明けてもいない、失った相手のことを突然持ち出されれば、当然腹が立つだろう。彼が秘めてきた思いや過去を、何も知らない人間が踏みにじったのだ。それで怒ったわけではないなら、一体何が気に障ったんだろう。あんなふうに一方的に、支配を仕掛けてくるほどに。

「君は悪くない。僕が未熟で、傲慢で、愚かだったからだ」

櫛田なら、きっとこんなふうに謝るだろうと知っていた。

そしてそれは自分が求める答えでないことも、静は知っていた。けれど、だったら櫛田に何と言ってほしいのか、それが分からない。自分でも分からないものを、他人に求めることはできない。

「……もう二度と、俺に命令しないで下さい」

ようやく、静はそう口にした。

どうしたいか分からないなら、そう言うしかない。自分を傷つけ、混乱させているのは櫛田だ。彼に関わる限り、混乱と落胆は続くだろう。関係を、切り離すしかない。

「当然だ。もう二度と君を支配しない。本当に申し訳なかった」

「……じゃあ、これで、なかったことにします。全部」

なかったことになんて、できるわけない。櫛田からもらったものは、大きすぎる。

でも、そう言うしかなかった。

「………分かった」

櫛田がじっと静を見つめて答える。

――優しくしないで

何度となく、櫛田にそう言った。

優しくしないで。本当は今、そう叫びたい。

優しくしないで。ただそばにいさせて。食べたこともないあの飴の味を、忘れさせてほしい。けれどそれは、ただの仕事相手に抱くには重すぎる望みだ。彼の誠実さと優しさに甘えて、求めすぎてしまった。

この胸の痛みは、その報いだ。

「仕事に戻ります。……ちょうど、送検の目途が立ったところです。大忙しですよ」

胸の奥底で疼く何かを振り切るように、静は言った。頭を、心を、身体を、すべて切り替えるスイッチでもあればいいのに。

「送検の目途？　恩田が主犯で決まったのか？」

「君塚先生の証言で、恩田が薬物を使用して他のサブを支配していた可能性が極めて高いと分かって……」

面食らう櫛田に、さっきの君塚の解説をそのまま伝える。そうだ。こうやって徐々に仕事の関係に戻れればいい。彼の悲願が達成されるよう、力になりたい。

医師同士だし理解も早いだろうと思ったが、櫛田の表情は話が進むにつれ曇った。静がひととおり説明を終えると、彼はひどく困惑した様子で聞いた。

「本当に、君塚先生がそう言ったのか？」

「え？　ええ、意見書も書くし、裁判で証言するのも構わないと……」

「確かにそういう論文も存在するし、理論上は可能だが……。恩田が自発的に、他のサブを従わせられるほどの強い薬を服用してまでアポロを売買する動機が見えない。アポロの莫大な売り上げも、恩田自身は手を付けた様子がない。そもそも恩田は……まずいな」

珍しく早口で捲し立てた後、櫛田が黙り込む。

「櫛田さんは……恩田が主犯じゃないと考えているんですか？」

櫛田の発言に引っ掛かりを感じて尋ねると、真剣な瞳に見つめられ、そんな場合じゃないと分かっているのにどきりとする。

「君は、エメラルドという違法ドラッグの名前を聞いたことはあるか」

「エメラルド……ですか？　そういえば、古い資料にあった気がしますが」

「今から十五年程前、エメラルドという無認可のサブ用抑制剤が、巷(ちまた)で出回っていた。エメラルドにはドム性を強化する成分が多く含まれていた。D値を極度に上昇させる純度の高いものは精製が難しいから、粗悪品だが。それでもサブがエメラルドを服用すると、ドム性が高まり自分の欲望を自覚しにくくなる。しかし質が悪く内臓を損傷する上、依存性も高かった」

「はあ……」

説明を聞きながら、何故櫛田が突然この話を始めたのか、そしてこの話がどこへ向かうのか分からなくて戸惑う。

「そしてこのエメラルドの成分は、アポロの成分の一部と共通している。今、そのことに関する報告書をまとめているんだが……」

「そのエメラルドっていう薬と、アポロが似ていたら、何なんですか？」

我慢しきれずに聞くと、櫛田はきっぱりと答えた。

「僕は、アポロというD／Sドラッグの原型が、エメラルドだと考えている。もっと言えば、この二つの違法ドラッグの製造者は同じはずだと」

「製造者が同じ？　そのエメラルドっていうドラッグは、今は出回ってないですよね」

「現在主流となっている、ドム性とサブ性の両方を抑制して発情を緩和する抑制剤が開発され、保険の適用も受けたことからエメラルドはろくな捜査もされないまま市場から自然(しぜん)淘汰(とうた)された。エメラルドに含まれるD値を高める成分はかなり特殊で精製が難しく、長い間同様のドラッグは現れなかったが、十年たって同じ特殊な成分を持つドラッグが出回り始めた。それがアポロだ」

　独特な成分が共通しているから、製造者が同じだと言いたいのだろうか。たしかに、その可能性はあるだろう。しかしこの櫛田の推測が正しいとすれば、辻褄(つじつま)が合わないことがあるということに、静は気づいた。

「アポロの原型はエメラルド……でも、だとするとおかしくないですか？　恩田は」

「そう。恩田はエメラルドを販売したこともなければもちろん製造もしたことがないだろう。エメラルドが流行していた当時、彼は長野の中学生だ。現実的に考えて有り得ない。主犯は別にいるんだ」

　言い切った櫛田に、静は息を呑んだ。アポロとエメラルド、二つのドラッグの製造者は同じ。そしてそれは恩田ではない。そのことが言いたくて、櫛田は今この話を始めたのだ。

「ちょっと待ってください。じゃあ、櫛田さんはずっとエメラルドがアポロの原型じゃないかと考えてたってことですよね？　なんでそんな大事なこと、今まで言わなかったんですか。その前提があれば、捜査方針だってずいぶん変わって……」

「それだ。捜査方針に影響を与えたくなかった。僕の考えは仮説のひとつにすぎない。あらゆる可能性を検討する必要があると思ったから、黙っていた。実際に、可能性を絞らなかったことで恩田の聴取を続け、結果的に自白を取ることができた」

持論を伏せていた慎重さは、いかにも櫛田らしい。

「でも櫛田さんは、恩田の自白は真実じゃないと思っているんですよね。確かに俺も、あの自白の仕方は少し不自然だと思いましたが……」

「ずっと、疑ってはいた。そして一昨日、疑いが確信に変わった。言った通り、エメラルドの主成分はかなり精製が難しい。おそらく遠心分離装置を独自に改造するなどして使用しているのだろうと、僕は仮説を立てていた。そして一昨日、僕はまさに推測通りの機械を三鷹の工場で見つけた。美容の専門学生だった恩田があの設備を一から準備し、扱えたとは考えにくい。アポロはやはり、エメラルドを作った者が生み出したドラッグだ」

重ねられた説明に、静は頷いた。それにしても、当時ろくに捜査されなかったらしい違法ドラッグについて、何故櫛田はここまで詳しいのだろう。そのレシピや製造方法を、知り尽くしているように思える。医学生としての興味だったのだろうか。

そこまで考えて、はっとした。

「もしかして、その、エメラルドって、櫛田さんの……」

「……そうだ。十五年前、僕のパートナーはエメラルドの服用がもとで亡くなった」

単なる興味ではない。彼のパートナーの命を奪ったドラッグだから。警察も深くは調査しなかったその製造方法や成分を、彼は必死に調べ、研究しつくしたのだ。

途中で口ごもった静に、櫛田は顔色一つ変えずに続けた。

「過剰服用を繰り返して薬物依存になり、最後は急性中毒で息を引き取った。パートナーでいながら、僕は彼女の薬物依存が随分進行するまで気づけなかったし、気づいてからも彼女を救うことはできなかった。僕は未熟なドムで、彼女が求める支配を与えられなかった。ある面では、僕が彼女を死なせた」

その淡々とした様子に、静は言葉を失った。

誰が許しても、きっと櫛田自身が自分を許さないだろう。彼がその仮面の下に、隠し続けてきた悲しみと絶望が、ありありと分かった。

「櫛田さんが特性対に来たのは、そのパートナーの方のためだったんですね」

「D／Sに関する違法ドラッグの動向はいつも注視していたし、アポロが市場に出回るようになってからは、アポロとエメラルドの関係をずっと疑っていた。厚労省と警察でアポロの摘発を手掛ける本部を立ち上げると聞いた時は、是が非でもそこへ行こうと思った」

櫛田は厚労省内の出世コースを投げうって、アポロとエメラルドのつながりを調べるため、その製造者を逮捕するために、特性対へやってきたのだ。ひょっとしたら、医師免許を取りながらも厚労省に入省したのさえ、違法ドラッグを取り締まり、パートナーの仇を討つためだったのかもしれない。

　櫛田の十五年の執念を思うと、言葉が出ない。

　櫛田の優しさは知りすぎるほど知っている。だから彼だったらきっと、それくらい深く誰かを愛するだろうということが分かる。彼がその誰かを失ったという事実が、身を切るほど切ない。

　彼が望むものを、自分が与えてやれたらいいのに。

「そんな顔、せんとき」

　ふいに、困ったように櫛田が言った。一体、どんな顔をしているというんだろう。鏡がないから分からない。櫛田こそ、こんな時に関西弁を出すのをやめてほしい。自分が誰より近い距離にいると、また勘違いしてしまう。

　そう思って見つめ返すと、櫛田がひとつ、咳払いをした。

「僕はどうしても主犯を捕まえたい。しかし本村課長はすぐにでも恩田を送検するだろう。上からゴーがかかれば、僕の意見は間違いなく無視される。彼は……というより警察全体が、厚労省サイドに手柄を取られることを警戒しているようだから。君が僕を信じてくれるなら、少しの間本村課長を止めておいてくれないか？」

「……分かりました。やってみます」

正直なところ、専門知識のない静には櫛田の推理の妥当性が判断できない。

彼はパートナーの仇を討ちたいがあまり、今の事件に無理やり十五年前の事件をつなげているのかもしれない。そんなふうにも考えてみたが、これまで見てきた櫛田の慎重さや冷静さを考えると、彼が私情に流されることはないと思えた。

それに、櫛田の役に立ちたい。今まで誰に対しても、こんな気持ちになったことはない。

櫛田と別れた静は、まっすぐに本村のもとを目指した。


「え？　もう送検手続きしたんですか？」

対策本部室に戻った静は、本村の前で絶句した。

「おお、いま最終承認待ちだ。医師の意見書は追送すればいいって話になって」

「そんな……」

止めておいてくれと頼まれたのに、もう手遅れとは。既に本村より上に決裁が上がってしまっていては、静の力ではどうすることもできない。

「どうした羽田、恩田がエースだっていうのは、お前が取った供述じゃないか。それに、恩田自身もサブを支配するのは楽しいってなこと言ってたって。専門医の証言も取れたし、何より、恩田の証言の通りに物証が続々と出てる」

「それはそう、ですが」

呆然と立ち尽くす静の前で、本村が肩を竦める。

「そりゃ、恩田がサブな以上、俺だってやっぱり事件はドムが支配してるんじゃないかと思わないでもない。だがここまできても捜査線上に有力なドムの被疑者は一人もあがってないだろう」

「それにしたって、なんでこんな急に」

「急がせてるのは、お前の親父さんだぞ。電話一本で、今日中に送検しろって」

こっちだって色々大変なんだ、とぼやく本村に、静はあっけにとられた。

そんなことがあるのか、あっていいのか。

あの男は自分の手柄のため、警察組織を意のままに動かしている。

本村に一礼し、小走りで廊下へ出る。もどかしく携帯電話をタップして、出た秘書にあの男と話がしたいと告げた。

『おお、ちょうどさっき連絡を受けたところだ。今日中に送検できるようだな』

回線の向こうの男はまたしても上機嫌だった。

「……随分、急がせたんですね」

『ぐずぐずやっとったようだからな。しびれが切れた。私が作った組織で、息子のお前が容疑者を捕まえたばかりか自白を取った。いや、ここまで見事な大団円（だいだんえん）は、さすがに期待してなかった。静、よくやった』

美濃和の言葉に、胃の中身が逆流するような嫌悪感がこみあげるのをぐっとこらえ、静は言った。

「そのことですが、送検を少し待ってほしいんです。真犯人が別にいる可能性があります」

静の言葉に、美濃和は「ああ？」と不穏な相槌を発した。昔さんざん耳にしたその不機嫌の前兆の一言に、心臓がきゅっと縮む。

『主犯は恩田とかいう男だろう。待つ意味はない』

「あります。今、説明してもいいですか。違法ドラッグのアポロは、そもそも……」

『まさかお前、厚労省の櫛田とかいう男に、何か言われてるんじゃないだろうな。自分が許可するまで送検するなとかなんとか』

抗弁（こうべん）を意に介さない美濃和から、突然飛び出した櫛田の名前に、静は硬直した。何故そのことを、と聞くか、そんなことはない、と誤魔化すかを考えている間に、美濃和がつらつらと喋った。

『今のままじゃ、自分の手柄にならんからな。あの男、厚労省内の花形部署を蹴ってまで、特性対に志願したらしい。新組織で警察から主導権を奪えれば、出世コースに乗るより更に手柄がでかいとでも踏んだんだろう。強欲な男だ。まあ、近頃流行（はや）りの草食がどうたらとかいう連中より見どころはあるが』

「違います、櫛田さんは」

『うるさい！　何をグチグチ言っとる。送検は決まりだ』

怒鳴り声に息を呑んだところへ、低くドスの利いた声が流れ込んでくる。条件反射で静は押し黙った。

一度怒鳴った男に、口答えすれば、母まで巻き込んでひどい罵倒（ばとう）が飛ぶ。子供の頃に植え付けられた恐怖のトラウマは、未だに癒えることがない。

『櫛田とかいう官僚に何を言われていようと、余計なことをするんじゃないぞ。自分の立場を分かっとるな』

念押しを最後に、通話は終了した。

携帯を持つ手をぶらんと下げたまま、静は無力感に苛まれた。

長年あの男に従い、警官の職務を全う（まっと）してきた。それはあの男だって認めているはずで、だから少しは聞く耳を持ってもらえるかもしれないと期待した自分が愚かだった。結局、あの男は自分のことを都合のいい手駒のひとつくらいにしか思っていないし、怒鳴られるとそれ以上反論できない自分もまた、昔と全く変わっていない。

美濃和に低い声で凄まれると、身体が硬直して思考が停止してしまう。声色ひとつ、仕草ひとつで弱い心が怯え切ってしまうのだ。支配とは、結局そういうものだ。

櫛田にグレアを使われた時の感覚にも似ているが、久々に浴びたあの男の怒声とは、何かが異なる。その違いが何なのかは分からない。

分かっているのは櫛田との約束が守れず、恩田が主犯として送検されてしまうという事実だけだ。

疲れ切って壁にもたれた静の脳裏に、恩田の白い顔が浮かんだ。彼もまた、こんな風に誰かに支配されていたのだろうか。

櫛田の仮説が本当なら、真の主犯は別にいて、その主犯こそがドムであり、恩田を支配していたと考えるのが妥当だろう。かつて木内玲奈が供述したのと同じに、主犯は恩田を強く支配し、常に自分の命令通りに行動させ、薬物売買に加担させていた。

もしそうであれば、恩田の自白そのものが、主犯の命令だったということにならないか。でもそれならなぜ、初回の聴取ではしらを切り通したのか。やはり、櫛田の推理は間違いか。

静はもう一度、あの日のことをよく思い出そうとした。

あの時、恩田は突然熱に浮かされたようになって、自分が主犯だと主張した。

——まるで誰かに、支配されたかのように。

そう考えると、ずっと違和感を覚えていた恩田の突発的な自白に説明がつく気がして、静は息を呑んだ。

つまり、恩田はもともと自首を命じられて警視庁へ来たのだ。けれどその途中、中毒症状を起こし意識を失ったことで、恐らく一時的に支配から抜け出した。そこで警察と対面した時には罪を否定したが、あの日のあの瞬間、何かが彼に支配を思い起こさせた。だから自白したとのだとすれば、櫛田は正しい。恩田は主犯ではない。

でも、誰が、どうやって。そもそもそんなこと、可能なのか。

焦りを感じ、静は苛々と息を吐いた。駄目だ。これ以上一人で考えていても、埒が明かない。櫛田に相談したい。彼ならドムによる支配について自分よりよほど詳しいはずだ。

思い立ってすぐに電話をかけるが、数回のコール音の後留守電に切り替わってしまう。仕方なく、ひとまずメールで用件を伝える。恩田の送検を止められそうにないこと。恩田は支配されて自白した可能性があること。

送信ボタンを押したものの、静は落ち着かなかった。彼からの連絡を待つ間に、できることはないだろうか。

「ひでー顔してんなぁ。大丈夫か?」

「新井さん」

顔を上げると、いつもの通りワイシャツの襟元をだらしなく開けた新井が立っていた。

「本ボシ捕まえたってのに、なんでそんな暗いんだよ。こちとら久々に家に帰れるから、お前に大感謝だぜ。もう、マジ眠い。今が何時かもわかんねーもん」

ふあ、と大あくびをしながら新井が腕時計を見る。その様子を見て、静はふと呟いた。

「腕時計……」

「ん？　何？」

あの日の一場面が、鮮明に記憶に蘇る。

「あ、いえ、何でもありません。俺、ちょっと電話かけます」

ぽかんとしながら「おう」と答える新井を視界の隅に追いやって、静は再び携帯の画面をタップした。


「ああ、お待ちしてました。こちらへどうぞ」

「休診中」の札がかかったドアを押してクリニックに入ると、声と共に診察室から君塚が顔を出す。静は一礼し、招かれるままに白い部屋へと入った。

診察以外でこの部屋に入るのは少し変な感じがする。道すがらもう一度櫛田にメッセージを送った携帯をしまい、勧められた革椅子に腰かける。君塚は今日も温和な笑みで静を迎えた。

「突然お呼び立てしてすみません。お会いしてお話しした方が、早いかと思ったので」

「いえ、こちらこそ、いろいろ電話で質問してすみませんでした」

「ええと、ドムによる支配についてということでしたよね。ドムが隔離された状況にいるサブに思い通りの行動をとらせることは可能なのか、それにはどんな方法があるのか……」

「はい！」

質問内容を確認する君塚の言葉に、静は勢い込んで頷いた。

あの日、恩田の目の前で腕時計のベルトが切れた。その直後に、恩田はおかしくなったのだ。その様子を思い出した時、連想的に浮かんだのが君塚の顔だった。それは単に、君塚が良く腕時計を触っているからというだけであったけれど、君塚に聞けば、ドムによるサブの支配についてより詳しく分かると思ったのだ。

すぐに電話をかけると、君塚の方から「ちょうど午後は休診なので、クリニックに来られないか」と言われ、二つ返事で電車に飛び乗った。

「……その件なんですが、それは今朝聞かれた事件に関係することですか？　サブの容疑者の誰かが、その場にはいないドムに支配されている可能性があるとか？」

「その通り、です」

専門医だからか、話の理解が早くて驚く。頷くと、君塚の眼鏡の奥の目が何かを考えるように細められた。

「少し長い話になりそうですから、コーヒーを淹れますね」

そう言うなり、パーテーションの奥に消える。カチャカチャと食器が鳴る音が聞こえ、コーヒーの香りが漂ってきた。

「どうぞ」

差し出されたマグを両手で受け取り、ひとまず口をつける。櫛田の家のコーヒーに慣れた鼻には、香りが乏しかった。ごくり、と苦いだけの液体を飲み干すと、君塚が話し始めた。

「ええと、隔離された状況で、ドムがサブを支配できるか、っていうご質問でしたよね。断定はできませんが……。たとえば、ドムとサブの間では、プレイの合図を決めることがよくあります。サブがドムの唇に指で触れたらとか、あるいはドムがサブにホットワインを作ったらとか。何でもいいですが、それをしたらプレイをしたいという合図」

「プレイの、合図……」

自分の分のコーヒーはデスクに置いたまま、君塚が説明を続ける。

「合図があってプレイをする、という行為を繰り返していると、身体と脳にその結びつきが刷り込まれます。単なるホットワインがプレイの象徴になり、興奮のスイッチになる。相手がいない場所でも、ホットワインを見たらプレイを連想してしまうようになるんです。そして、状態がさらに進めばホットワインを見ただけでプレイ中のような精神状態になることもあります」

「ということは、ドムがいない場でも、何かのきっかけでサブが支配下に入ってしまうことはあり得るんですね。その、プレイの合図のようなもので」

自分の推測に自信を得て静は言った。やはりあの時、偶然恩田とその主人——真の主犯のプレイの合図になるような現象が起き、それで恩田は支配を想起したに違いない。

「そうですね。あとはドムの教育次第ですが、従順なサブなら、いったんプレイ時の精神状態になれば、過去のプレイ中に教え込まれた様々な命令の通りに行動することもあるでしょう」

「じゃあもともと自白を命じられていたサブが、支配から抜けた状態では罪を否定し、再び支配下に入ったら自白することもあり得るってことですね」

そう口にしながら、静は妙な胸騒ぎを覚えていた。

あの場面で起こった、プレイの合図となりそうな行為。今日、自分がこのクリニックへ足を向けた理由。二つが急に結びつき、答えを示そうとしている。

「それは恩田のことですか？」

「……え？」

君塚に聞かれて、胸の中の違和感がさらに大きくなる。今朝の電話でも、恩田の個人名は一切伏せて話をした。どうして君塚が恩田の名前を知っているのだろう。

目の前ではいつもの椅子に腰かけた君塚が、ゆっくりと手首の時計を撫でていた。

「先生は、話す時に腕時計を触る癖がありますよね」

質問には答えずに、静はそう聞いた。

君塚は顔を上げ、ゆっくりと微笑んだ。

「サブの方の前だと、つい触ってしまうんですよ。どうにも早く、使いたくなって」

まさか、と呟こうとした唇は、うまく動かなかった。力が抜け、指先からマグカップが滑り落ちる。コーヒーが身体にかかったが、熱いという感覚もない。何が起こっているのか分からない、と思った次の瞬間には、視界が真っ暗になった。

「そろそろ目を覚ましてもらおうか」

ぼんやりと意識と無意識の境界を彷徨っていた静は、唐突にそう声をかけられて反射的に上体を起こそうとした。けれど思うように動けず、さらには自分が裸にされていることに気づいて絶句する。重い頭をどうにか動かしてあたりを確認した。

意識を失う前と同じ診察室にいて、ベッドに寝かされている。目の前に立つ君塚は、勝ち誇ったようにこちらを見下ろしていた。

「早めに状況を理解してもらいましょうかね……四つん這いになれ」

それほど大きくもない声がびりびりと鼓膜を揺るがせて、脳が痺れるような感覚がある。静は自分の身体がまるで発情したように、支配と刺激に敏感になっていることに気づいた。身体に覚えのある酩酊感。手足は震え、力が入らなくなっている。

櫛田に、グレアされた時の感覚とも似ていた。どうして、どうして、と焦るばかりでまともに思考できない。

「従うんだ。お前はもう、私のものだ。アポロで覚醒したものは、快楽に弱くなる。これが調教には便利だ。気持ちよくしてやれば、何でも言うことを聞くからね。ほら、早く四つん這いになるんだ」

ぺらぺらと喋る君塚の言葉が、断片的にしか聞き取れない。ただ、「四つん這いになれ」という命令だけが、わんわんと頭の中で鳴り響いた。なぜ、君塚に「命令」されているのだろう。彼はNではなかったか。

「おい、聞こえないか？　何故従わない。クスリの効きが悪いか、量が少なかったかな」

「な、何を飲ませた……」

「アポロとはまた別の、サブ化に特化した特別調合のクスリだよ。うれしいだろう」

クスリ、という単語をどうにか聞き取って、静はようやく事態を理解した。ドラッグを、使われた。そして君塚自身も使っているのだろう。

「おまえ……っ」

睨み上げると、不愉快そうに鼻を鳴らした君塚に睨み返される。その眼光にはいつにない鋭さがあって、たちまち静は萎縮した。これは、明らかにドムの目だ。君塚は、ドム化している。そのことを身体で理解して、心が凍り付いた。

つまり自分はこれからこの男に、「従わされる」のだ。

こんな男相手に屈するわけがない。頭でそう考えていても、身体は違う。そのことはもう、嫌というほど体験している。静は君塚にじっと監視されながら、ベッドの上でのろのろと四つん這いになった。屈辱以外の何物でもないが、身体は昂っていく。

興奮が高まるのと同時に股間に鈍い痛みを感じる。這いつくばった姿勢のまま足の間を覗き込むと、性器の根元に何か不格好なものがあるのが見えた。

「……ッ」

君塚がさっきまではめていた腕時計が、根元の肉に食い込むほどきつく巻き付いていた。

君塚がさっき「使う」と口にしたのはこういうことだったのだ。

目の前のグロテスクな光景が、彼の歪んだ支配欲の表れのように思え、寒気がする。

「ちょっと早いが、いずれ羽田さんにはこうなってもらうつもりでした。あの子の代わり……いやあの子以上に働いてくれそうだ」

「やっぱり、あんたが、恩田を……」

いや、恩田だけではなく数多くのサブを、ドラッグを使って従わせてきたに違いない。

君塚は眼鏡の奥の目を細めた。

「その拘束、良いでしょう。目の前で腕時計を外すのが、恩田へのプレイの合図でした。羽田さんにも、同じ合図を教え込もうかな」

おぞましいことを口にする君塚を睨もうとするが、目にうまく力が入らない。熱に霞む目で必死に彼を見ると、君塚がふっと笑った。

「これから羽田さんにも手伝ってもらいますから、少し説明しましょうか。このクリニックに来るサブの中には、サブ性を受け入れられずにいながら本能では支配者を求めている子が多い。そういう子に、まずはたくさん抑制剤を飲んでもらいます」

人の道に外れたことを、とても楽しそうに喋る君塚の口は止まらない。

「許容量より多い抑制剤を服用すると、急性中毒を起こす。パニックになって縋ってくる子に、プレイをしてあげます。アポロを与えて、強烈な奴をね。私は私専用に開発したドム化薬を飲むんですよ。大体の子が、一発でアポロとプレイの虜（とりこ）になります。そして、一時期に集中して強い抑制剤を使うと、抑制剤が効きにくい体質になる。発情が抑えられなくて、プレイのために言いなりになってくれる奴隷の出来上がりです。もっとも、私が直々に相手をしてやることは滅多にありませんけど」

そこで言葉を切った君塚は、手を伸ばして静の頭を撫でた。

「羽田さんにも、たくさん抑制剤を使って早めに薬漬けになって頂きたかったんですけど、なかなかうまくいきませんでした。ドムっ気があるサブのわりに、受け入れが早かったですね」

信じられないようなことをすらすらと喋る。

「恩田の場合は、サブのサークルから紹介されてやってきました。ドムっ気が強くてね。そいう子ほどサブになった時の従順度が高い。僕の言いなりだから、安心して他のサブの管理も任せられた。任せすぎたせいでドラッグの量が増えすぎて、駄目になっちゃいましたけどね。まあ、もったほうです。彼の前任は、一年で廃人になりましたから」

「クソ野郎、お前……いッ」

思わず罵倒の言葉が出ると、鈍い音がして鋭い痛みが尻に走った。君塚はいつのまにか手に靴ベラのような道具を持っていて、それで尻を叩いたのだ。

「私のことはマスターと呼んで、二度と生意気な口を利かないように。今日はお前に聞きたいことがいくつもある。素直に喋ってくれたら、死ぬほどイかせてやってもいい。歓迎の儀式としてね。それとも、痛い方がいいかな。どちらにしろ、お前はもう私に従うしかないんだよ」

お前、と呼び名を変えた君塚の声に残忍（ざんにん）な色が混ざったのを、静は聞き逃さなかった。身体の奥が一層痺れ、これから来る支配を待ち構える。こんな時に喜んでしまう身体が、心底恨めしかった。

どうしても、サブ性を受け入れられない。そんな悩みに苛まれてこのクリニックの門を叩いたサブ達を君塚は食い物にしていたのだ。そう思うと憎くて仕方がないが、どうしても抗えない。

「お、まえに、なんか、何も、しゃべるわけない……ッ」

「喋るしかないんだよ。まずは恩田のことから聞こうか。彼の送検は決まったか？」

何ひとつ、教えてやるものか。そう決意しても命令に違いたくて舌が疼き出し、静は慌てて歯を食いしばった。

答えない静をしばし眺めていた君塚はさっきの道具をデスクに置いて、別のものを手に取った。霞む目を凝らすと、試験管だと分かる。何の変哲もないガラス管の中に、無色の液体が入っていた。

「クスリが足りなかったようだから、これをくれてやる」

君塚は試験管をこれ見よがしに数度振って見せると、静の背後に回った。

尻にとろとろと何かが垂らされ、滴っていく。粘度のある液体が穴のそばの敏感な皮膚を伝う感触に、ぞくぞくと鳥肌が立った。薬を垂らされたのだ、と絶望する。

「やめろっ、このクソが……ッ」

「口が悪いな。もっとお仕置きが必要か？」

開かされた脚の間に、つるりとしたものを押し当てられて、静は眼を瞠った。

試験管を挿入するつもりなのだ、と気づいて恐怖に身体が強張る。

君塚は、試験管を穴の上にぴたりと押しあて、さっき垂らした液体を塗り広げるようにずりずりと滑らせた。

「あっ、あっ」

その他愛ない動きだけでむず痒いような刺激があり、穴の縁がひくひくと震える。

「あんまり暴れたら、試験管が割れる。中がズタズタになるだろうな。それでもクスリが吸収されれば、お前は泣いてよがるのかもしれない。却ってご褒美になってしまうな」

「あっ、やめ……っ」

つぷ、とガラスの試験管を穴に突き立てられる。痛みはまるでない。ゆっくりと、ひんやりとした無機質なものが身体を割り開いていく感覚に、静は倒錯的な快感を覚えた。

その時突然、大きく身体が震えた。急激に手足が冷え、闇雲な不安に襲われる。

「な……」

何かに縋りたい、と本能的に感じた次の瞬間、今度は身体の中心が、火がついたように熱くなった。

「な、これ……」

「効いてきたな」

手足は冷たいままなのに、身体の芯が熱くてどうしようもなくなる。触れられてもいないのにいきなり性器が芯を持ち、後孔まで敏感になった。

感じたくないのに、ひくひくと収縮する穴が侵入する試験管の刺激をあまさず拾ってしまう。君塚もそれを分かっていて、試験管を時折小さく揺らしたり、少し引いてはまた押し進めたりする。後孔が自然とうねり、細い試験管を締め付けようと動き始めた。

膨張を続ける性器に腕時計が食い込む。けれどそれがもたらす痛み自体が、甘やかな愛撫のようにも感じられてしまう。あっという間に息が上がった。

「気持ちいいんだな。もっと激しく動かしてやろうか？」

「やあ……ッ」

じゅぶ、と卑猥な音を立てて試験管が抜き差しされる。勢いをつけて突っ込まれると、感じすぎた内壁がきゅうと試験管を締め付け、試験管が割れるのではないかと恐ろしくなる。けれど恐怖の中でも快感は止まらない。締め付けられた性器の痛みとともに、出口のない快感が身体の中を渦巻き始める。

「ホラ、知っていることを全部話せ。捜査状況も、所属組織の人員も、命令系統も。改めて聞こう。恩田はどうなる？　もう送検されるのか？　今朝の私の意見をもとに？」

「はい、そうです……ッ」

促されるままに答えてしまい、慌てて口を閉じる。

一言も口を利きたくないのに、逆らえない。このままでは聞かれたことをすべて喋ってしまうかもしれない。

「恩田はどこまで喋った？　明かした工場の場所は？　口座は？　どちらにしろアポロのブランドは恩田と一緒に捨てるつもりだが、使えるものは使いたいからね」

何も話すまいときつく唇を噛み、息を詰めると、君塚の舌打ちが聞こえた。

「あっ、アッ」

力任せに乳首をつねられ、声が漏れてしまう。

「ほら、早く答えろ。乳首がちぎれるぞ」

乳首をくりくりと引っ張られながら、再び試験管を抜き差しされる。静はもやがかかっていく意識の中で、あえて意味のない喘ぎを口から出すことだけを考えた。

「あっ、ああっ、アン、きもち、いい」

「おっと、なかなか頭が回るな。……まあいい。時間もクスリもたっぷりある。楽しもうか」

静の反抗を見て、君塚が身体を苛む手を止め、離れていく。ほっと息を吐いたのもつかの間、君塚は細いビニールロープを手に静のもとへ戻ってきた。

何をされるのか分からずぞっとするのと同時に、支配を欲する身体が疼き始めてしまう。君塚は慣れた手つきで、静の首にロープをかけた。まるで犬のように、首に縄をつけられる。

首を絞められる感触にもびくびくと反応していた静は、結び付けられたロープの先を思い切り強く引かれ、喚いた。

「いたい……っ」

「痛くしているから、当然だ」

口元にうっすらと笑みさえ浮かべながら君塚が言う。その瞳には軽蔑の色があって、それは痛みだけではなく、この非道な行為の中からも静が快感を拾ってしまっていることに、気づいているからのようだった。

「本当はもう、話したくて仕方がないはずだ。強いドムに支配されたいという欲求は、サブの本能的なものだからね」

「あ……俺、は……」

目を覗き込まれると、頭がぼうっとする。

まずい、と思って目を逸らし、唇を噛む。

けれど痛みと快楽、そして君塚の視線が焼き付いた心が、次第に君塚の言葉ばかりを反芻し始めた。

——話せ。全部話せ。

——今日から私が、お前の主人だ。

はい、と頷いて彼に従えば、どれだけ気持ちがよく、楽になれるだろう。

嫌だ。こんなやつの下僕になんてならない。俺が従いたいのは、あの人だけで。

ぎゅっと目を瞑ると、櫛田の姿が瞼の裏に浮かぶ。その瞬間、わずかに身体に力が戻り、静は目を瞬いた。

「そんなに唇を噛んで我慢しても、血を流すことになるだけで無駄だよ。どうせ最後には話すことになるんだから」

「あああッ」

しかしまたもや首につけたロープを思い切り引っぱられ、試験管の突き出た尻を叩かれる。鋭い痛みが走るが、苦しみの中に甘い愉悦が生まれてしまう。そんな自分に、静は絶望した。

こんな男に支配され続けるくらいなら、いっそのこと、今この瞬間、舌を噛んで死んだ方がマシかもしれない。

暗い希望が生まれた瞬間、部屋にすさまじい音が轟いた。

君塚がはっとして、背後を振り返る。

「何しとんのや」

響いた声に、静の全身が粟立った。不自由な体で精一杯入口の方を振り向くと、髪を乱した櫛田がそこに立っている。

君塚はロープの先を手に持ったまま、櫛田に向き合った。

「ドアを蹴破ってご登場とはさすがですね、櫛田先生。直接お会いするのは十五年ぶりか」

「何しとんのか、聞いてんのや」

「何って……この子の発散のためのプレイですよ。ほら、櫛田先生にご挨拶を」

全裸に剥かれ、尻に試験管を突っ込まれ、犬のように首を繋がれて。櫛田の顔が見られない。

「おっと、櫛田先生、それ以上動いてもらったら困りますよ。羽田さんはいま私の命令ひとつで何でもしますからね」

そう言って、君塚が手の中のロープをくいと引く。

嫌なのに、どうしても逆らえない。君塚に命令されれば従ってしまう。

「すぐに応援が来る。馬鹿な真似はやめや」

「……動揺されていますね。その嘘はすぐに分かる。ここまでの事態を想定しないで、あなたはここに来た。そして自分のサブが私のものになっている気配を感じて、かっとなってドアを蹴破った。意外に、激情型なんですね」

「ドム化してんのやな。アポロを……いや、ここまで強いドム化には、エメラルドをさらに改良したものを服用してんのやろう。お前がエメラルドとアポロの製造者やな」

「さあどうでしょう。そんな話、もう意味がないですよ」

言いながらデスクの引き出しを開けると、何かを手に取って静の方へ向かってくる。

「さあ、身体を起こして、手にこれを持つんだ。そう。そのまま刃を、首にあててみろ」

じっと目を覗き込まれ、腰に手を添えベッドの上に座らされると、静は握らされるまま刃の出たカッターを自分の喉元にあてていた。

「羽田君！」

「そのままじっとしているんだ。さあ、櫛田先生。両手首を揃えて、私に差し出してください。この子に危害を加えられたくなければね」

君塚はさっき静を縛ったロープの残りを手にし、櫛田へ向き直る。

手を喉元から引きはがそうとしても、ぴくりとも動かない。

肩に力を込め、何とか腕を動かそうとしているうちに、櫛田は手首を拘束されたうえで患者用の椅子に座らされ、椅子ごとロープをかけられてしまった。誰かを縛ることにとても慣れているのか、君塚の手つきは鮮やかだった。

「櫛田先生にも、クスリを飲んでいただきましょうか。サブ化を進めるクスリをね。櫛田先生は相当強いドムのようだから、いい被験体になりますね」

君塚の命令に、櫛田がちらりとこちらを見る。静はなおも喉元からカッターを遠ざけようと力んだが、手は一ミリも動かなかった。その様子を見て、櫛田が観念したように薄く口を開く。君塚に従う櫛田の姿に、静の胸は張り裂けそうになった。自分が不用意に君塚を訪ねたせいで、櫛田をこんな目に遭わせている。

君塚がデスクに並んだ試験管の一本を取り、櫛田の口に流し込む。そして今度はふと思いついたように、静の方へやってきた。

「櫛田先生にはどのくらいで効くでしょうね。それまで、余興を楽しみますか」

まさか、と思うが君塚の手が性器に伸びてきて、静は目の前が真っ暗になるのを感じた。君塚の指が、ずっと張り詰めたままのそこを掴み、雑に扱く。こんな状況だというのに性器はますます昂ぶり、すぐに濡れた音が立つようになった。櫛田にも聞こえていると思うと、消え入りたい気持ちになる。

「あ、い、いや」

「刃は喉にあてたままにしておくんだ。動かすなよ」

先端をつつきまわし、あふれる液を塗り広げ、わざとぐちゅぐちゅと音を立てて静の性器を弄りながら、君塚が櫛田に顔を向ける。

「こんな光景、見ているのはつらいでしょう。サブは見られるプレイを好む子もいますが、ドムのあなたにはただ屈辱なだけ。特にあなたはサブを大事にしたいタイプのようだから、たまらないでしょう。でも、クスリが効いてくれれば、何も感じなくなりますよ。あなたの、元パートナーのようにね。ああ、彼女のことを思い出します。病室でまで私にクスリを求める姿は、とても哀れでした」

人間のクズだ。そう吐き捨ててやりたいのに、性器を嬲るついでのように乳首も摘ままれて、思わず喘ぎが漏れてしまう。すると、それに重なるように鈍い音がして、足元に何か飛んできた。

見ると、紙くずが散らばっている。櫛田が足を伸ばし、ゴミ箱を蹴ったようだった。君

塚が舌打ちをして振り返る。

「離れろ」

櫛田が低く唸った。その瞬間、すさまじい怒気を感じ、血が凍る。

――グレアだ。

君塚が言葉もなく、膝をつく。椅子に縛り付けられたまま、櫛田が君塚を睨んでいた。

櫛田が君塚に向けて発したグレアは激烈だった。この前櫛田に押し倒された時も、ここまでの怒りは感じなかった。自分に向けられたものではないのに、恐怖を通り越して気絶してしまいそうになる。君塚が元パートナーのことを口にしたのが、櫛田の逆鱗（げきりん）に触れたに違いない。

「そろそろクスリが効いてくるはずだ、なんで、う、ぐ……」

君塚も圧倒されているのだろう、膝立ちのまま身動きが取れないでいる。

「羽田君から離れろ」

再び櫛田が唸る。

そして君塚を睨んだまま、静を呼んだ。

「羽田君、そいつから離れて。ゆっくりでええ。大丈夫や」

「あ……」

櫛田の声が、まるで解毒剤のように身体に染み通る。ずっと強張っていた手足に少し力が戻る。

「羽田君」

もう一度呼びかけられ、はっとして手を下ろそうとすると、不格好に首をひねって君塚がこちらを見た。その目に見られた瞬間、身体が硬直する。

「喉を、切れ」

苦しげな息の合間に、君塚が言い放つ。静はぐっと息を詰めた。

頭の中でわんわんと、彼の命令が鳴り響く。

――喉を切れ、喉を切れ、喉を切れ。

いやだ、切りたくない。

「あかん、羽田君」

手がぶるぶると震える。ただ君塚の命令に従おうとする本能と、必死に抗おうとする小さな意思がひとつの身体の中でせめぎあう。榊田の言葉に従いたい。けれど、「命令」しているのは君塚で。

「このまま、刃を、引かせていいのか？　止めたかったら、グレアを解け、榊田」

「羽田君、カッターを捨ててくれ」

「捨てるな。切れ」

震える手が刃を首元に押し込む。肌がチリ、と熱さを感じた気がした。

違う、これは自分の意思じゃない。分かってほしい。

助けて。助けてほしい。心中で叫んでも、身体は動かず、声も出せない。

「早く切れ、切っちまえ」

ただ、櫛田に向かって何度も瞬きをする。自分の意思で動かせるのは、もう瞼くらいしかなかった。

櫛田が瞬きに気づき、はっと息をのむ。

助けて、と言葉にはできなかったけれど、櫛田に見つめ返される。

一瞬、世界が無音になったように感じた。

「羽田君、堪忍(かんにん)な」

堪忍？　何が？　何も分からない。

櫛田は覚悟を決めたように息を吐き、一度目を閉じた。

そして再び瞼を開くと、迷いのない瞳に静を映し、言い渡した。

「静、僕のもんになれ」

透き通った声が耳朶を打ち、櫛田の強い視線に射抜かれる。

その瞬間、頭のてっぺんからつま先までを電撃が駆け抜けたような衝撃があった。

頭と身体を覆っていた重苦しく湿ったもやがすっと晴れ、視界がクリアになる。次第に全身に喜びが満ちて、力が漲った。

無我夢中で櫛田のもとに駆け寄り、彼を縛めているロープをカッターで切る。櫛田は素早く立ち上がると、デスクに放置されていたロープの残りでそのまま君塚を縛った。櫛田のグレアのプレッシャーで消耗したらしい君塚は半ば放心状態で、ろくに抵抗することもなく床に転がされることになった。

それでもなおじっとりとした視線を投げてくるが、この男からもはや何も感じない。櫛田からの強い支配を受け、いつか君塚から説明を受けた「他のドムからの支配を受けにくい」状態になっているのだ。

櫛田が彼をパーテーションの向こうへ引きずっていく。そのうち、部屋の奥から櫛田が本部と連絡を取る声が聞こえ始めた。

助かった。

ようやくそのことを認識すると、がくんと膝から頽れる。這うようにして、ベッドに腰を下ろした。

頭と身体がまだふわふわとしていて、身体にうまく力が入らない。回らない脳みそで、何とか起こった出来事を整理しようとしていると、肩にふわりと温かさを感じた。

「くしだ……さん」

櫛田がジャケットを着せかけてくれていた。途端に、今自分がとんでもない恰好をしていることが思い出され、羞恥に顔が火を噴きそうになる。

「すみません、俺、こんな格好で」

必死にジャケットの前をかき合わせる静の肩に、櫛田はそっと手を置いた。

「謝るのは僕の方や。僕が電話に出られへんかったせいで、君をこんな目に遭わせた」

静はふるふると首を振った。

「櫛田さんは、来てくれたじゃないですか。……どうして、君塚が危ないって分かったんですか？」

『君塚先生に話を聞いてみます』。ぎりぎりで送ったそれだけのメッセージを見て、櫛田は来てくれた。君塚の支配から救い出してくれた。本意ではないだろうに、「僕のものになれ」とまで言って。それで十分だ。

「恩田に関する君の推測を読んで、最後に君塚の名前を目にした時、これまで僕があいつに抱いていた違和感の正体がはっきりした。一言でいえば、薬を使いすぎる。そう考えた時に、改めてこれまでのアポロとエメラルドに関する犯罪を見直してみると、あいつなら実行可能やって気づいた」

「……さすが、櫛田さんですね。俺は本当に間抜けでした」

目の前に手掛かりが示されていながら、無防備に君塚のもとを訪れてしまった自分の鈍さに呆れる。

「何を言うてるんや。君は恩田の心情に寄り添って、彼が言えなかったことを見抜いた。

だから彼の自白のからくりを暴いて、君塚に辿り着くこともできた。全部、君の功績や」

手放しに誉められ、頬が熱くなる。ふわふわとしている身体が、ますます浮き上がるような感覚があって静は焦った。ドラッグの影響が残っているのだろうが、今ここで櫛田に発情してしまうのは、あまりにみっともない。

「……櫛田さんは、ドラッグの影響は大丈夫ですか」

「そやなあ。少し違和感はあるけど……もともと薬品全般が効きにくい体質やから。医者の息子やのに、て小さい頃はよう言われとった」

思わぬ答えに、場違いに笑ってしまいそうになる。君塚だってそんなことは予想もしていなかっただろう。

「君こそ、大丈夫なんか。……ケアが必要か？」

遠慮がちにそう聞かれ、静はもう一度、首を横に振った。

君塚の支配によるダメージを心配してくれているようだが、傷ついているというよりはむしろ、そばに櫛田がいることで、今はひどく満たされている。

「僕のものになれ」と命令された時の多幸感が、まだ続いているのだ。

「大丈夫です……本当に」

そう言って、大丈夫だと伝えるために櫛田の目を見る。櫛田の目が、少しの嘘も見逃すまいとするように眇められた。

あまり長くは見つめていられず、目を逸らす。

「申し訳ない。……君を助けるためとはいえ、命令してしまった。支配はじきに解けるから、安心してほしい」

櫛田は伏し目がちに言った。その言葉に、今自分は櫛田の支配下にいるのだと、改めて感じさせられてしまう。

そしてこの支配が解けるのが、ひどく惜しく思えた。

「……もちろん」

呟いて目を逸らす。応援が到着する前に、このみっともない恰好を何とかしなければ。でもあと、十秒だけ。わずかに上体を右に倒して、右肩を櫛田の左腕に触れさせる。櫛田に甘えるのは、これが最後だ。

何も言わない櫛田の優しさを、静はひそかに貪った。


季節が冬に変わる頃、事件はすべてが解決に向かった。

君塚は傷害罪により現行犯逮捕となり、そのままアポロの所持・製造・販売すべての罪に問われることになった。

君塚の逮捕を恩田に伝える役割は、静が担った。君塚の腕時計を示した瞬間、彼の両目からこぼれる涙を静は見た。医療用プレイを受け入れるようになった恩田は徐々に体調が回復し、取り調べにも耐えられるようになった。

取調室で向かい合った恩田は、長い髪を切ったからというだけではなく、本当にすっきりとした面持ちで半生を語った。

――馬鹿だったからさ。ずっと、自分がサブだって認めたくなかった。ただの恩田一磨として、良亮と一緒にいたかった。でも良亮はドムじゃないし、俺はどうしても、支配が欲しくなる時があって。行きずりのドムとプレイして、発散して、その後ものすごい自己嫌悪に陥る。自棄になってアポロに手を出して、どんどん駄目になって、良亮といられなくなったあと、君塚と出会った。サークルで紹介されたんだよね。

櫛田の推測の通り、恩田と岸部の別れは、恩田がサブ性を管理できなかったことに起因しているようだった。D／Sに対する正しい理解が、世間にも、当事者にも必要だと感じた。

――君塚はさ、俺の思ってること、言う前に全部分かってる感じで。すぐにめちゃめちゃ頼るようになった。抑制剤もじゃんじゃん出してくれて、早くきちんと発情を抑制できるようになれって言ってくれた。俺は、そうなれたらもう一回良亮に会いに行きたいと思って、焦って薬を使いすぎた。中毒症状が出てあいつの前で倒れちゃってさ、気づいたら何故かドムになったあいつが目の前にいて、めちゃめちゃハードなプレイされてた。

その話を聞いて、静は自分が中毒症状を起こした時のことを思い出さずにはいられなかった。あの時、櫛田が気にかけていてくれて、自分は本当に運が良かったと思った。恩田を襲った不幸を考えると、罪悪感を覚えるほどに。

——あいつに、俺の居場所はここなんだって繰り返し言われて、拒否してもクスリで無理やり発情させられて、三日間ぐらいあの病院の二階に監禁されてた。嫌なんだけど、身体はめちゃめちゃ気持ちいいわけ。しかもそれまで一度も経験したことないくらい、サブとして満たされちゃったんだよね。今考えてみれば、それまで行きずりのドムとままごと程度のプレイしかしたことなかったから、当たり前なんだけど。その時は完全に、結局自分はこんな風に支配されるのがお似合いなんだって、思い込まされた。

D／Sプレイの強制と支配。それが、君塚の手口だったのだ。櫛田が助けに来てくれなければ、自分も同じ道を辿ったかもしれないと思うと肝が冷えた。

——正直、あいつに支配されることで、精神的に楽になった。自分が弱いサブだって認めた時は開放感があって、それが正しいことだと思った。時々良亮のこと思い出しても、自分からクスリを飲んで、君塚を求めてた。そっからはもう、クスリを貰うため、プレイしてもらうために、あいつの言いなり。あいつの命令で弱ってるサブに近づいて、俺の奴隷にした。あいつにされたことをそのまま他のサブにやったわけ。俺はもともとD値が高いから、結構うまくいった。けど、相手する人数が増えてくると、身体が持たなくなって、耐性ができちゃってクスリの効きも悪くなって。最後はボロボロだった。

そんなとき、偶然特性対発足のニュースを目にして、恩田は衝動的に自首を試みたと告白した。つまり恩田の自首は、最初に静の感じた通り、自発的なものだったのだ。

——自首するってことはあいつの命令に逆らうってことだからさ。本能的に拒否感があるわけ。それをいろんなクスリでどうにかしようとしたら、路上でぶっ倒れた。そんで病院で目が覚めたら治療のおかげか頭がすごいすっきりしてて。支配も感じないし、ここ最近じゃ一番体調も落ち着いてた。そしたら自首するのが怖くなった。軽い罪で逃げ切れないかなって魔が差して、羽田さんたちに、嘘ついた。

その後、体調が悪化しても医療プレイを拒んでいたのは、プレイすることで再び君塚の支配下に入ってしまうのではないかと恐れていたからだという。けれど結局、静の腕時計を外す仕草によって、そうなってしまった。君塚はもともと、警察に逮捕されたときには身代わりに自白するように、教え込んでいたらしい。だから彼は自白したのだ。

それでも結果的に羽田さんに全てを知ってもらえて良かった、と恩田は言った。

——ありがとう、羽田さん。

最後の聴取の日の去り際、恩田はそう言って静に手を差し出した。静は少し面食らいながらも、彼と握手を交わした。これから彼が過ごすだろう長い償いの時間を思い、言葉は出なかった。

恩田の供述調書の最後の一ページのチェックを終えた静は、自席で大きく伸びをした。そしてその姿勢のまま、隣のデスクに視線を投げる。

別れの最後に静をまじまじと見つめた恩田は、気になる言葉を残した。

――あれ、羽田さん、ひょっとして……。

その時はまさかと否定して、取調室を出た。けれど、実は心当たりがあった。恩田に指摘された後、色々と対処法を調べたけれど、自分ではどうすることもできなかった。

身体の変調を櫛田に伝えるべきか。時折そんなことが頭を過ってしまうけれど、もちろん、実行したりはしない。

櫛田は厚労省側に置いてきた仕事がいよいよ忙しくなっているらしく、警視庁に顔を出す日が少なくなっていた。数日に一度姿を見かけるが、静は静で拘置所に移った恩田の聴取とその報告に忙しく、声をかけることはしなかった。

静は隣のデスクから目を逸らし、虚空を見つめた。

櫛田のことが頭に浮かぶたび、クリニックで見せた彼の怒りを思い出す。

君塚に対してあれだけ怒りを爆発させたのは、君塚がアポロの、そしてエメラルドの製造者であり、亡きパートナーの仇だったと確信したからだろう。あの時の怒りには、櫛田の無念や憎悪が詰まっていた。それだけパートナーの女性を、愛していた。ひょっとしたら、今もなお。その事実を反芻すればするほど、これ以上自分の事情で櫛田を煩わせてはいけないと思えた。

幸い、体調には問題がない。抑制剤にも慣れてきて、疑似パートナーの助けももう必要ない。櫛田とは、普通の同僚に戻るのが、一番いいのだ。

櫛田と二人、特命班は大きな功績を上げることができた。櫛田の「悲願」も成った。初ミッション成功により、特性対の課への昇格も正式に決定した。新組織の設計を終えたら、櫛田は厚労省に戻るのだろう。それまでの付き合いだ。

「電話、鳴ってんぞ」

ぼんやりしていると、通りすぎざまに新井が声をかけてくる。静は「はあ」と生返事をして、彼に笑われた。

一時期はぎくしゃくとした他のメンバーとの関係も、普通に接しているうち、次第に元に戻っていった。筒井も三好も、また何事もなかったかのように話しかけてくる。そのたくましさと厚顔（こうがん）さは、嫌いではない。

「お前も疲れてんな。本村課長が、今日くらいは早く帰れってよ。もう九時だ」

またもや生返事をし、新井の後ろ姿を見送りながら携帯を手に取った静は、ディスプレイに表示された名前を見て硬直した。すぐに対策本部室を出て、人気のない非常階段に出る。

『おお、静か。私だ。今回のことだが、良くやってくれた』

通話ボタンをタップするなり流れ込んでくる耳障りな声に、静は目を伏せた。

男の、静への称賛に見せかけた自画自賛は流暢だった。自分が強引に恩田を送検させようとしたことを棚に上げ、上層部が気づかなかった真犯人を静が検挙したことをまるで自分の手柄かのように語る。

これまでで一番上機嫌な男の声を聞きながら、静の心はどこまでも冷えていった。

いくら求めても、欲しいものはそこにはない。

ふと、舞い上がって櫛田に告白してしまった瞬間のことを思いだす。何の見返りもなく優しさをくれた櫛田に、泣きたいほど幸せを感じた。自分には優しくされる価値があると、信じられたから。

電話口では、男がまだ何事かを捲し立てている。何を語られても、自分の奥底に響くものがないことを、静は悟った。

「……美濃和さん」

目を閉じて、はっきりとそう、呼び掛ける。

あの飴はもうどこにもない。その甘さを想像することも。

「あんたのことを、父親だと思ったことはない。俺はあんたの都合のいい道具じゃない。あんたなんか……父親じゃない」

『何を怒っとるんか知らんが、お前にはもう次のポストを用意してる。ヘンタイの相手は終わりだ』

　静は目を見開いた。

『次は、お前が……』

「美濃和さん、俺はサブです。お聞きになってないかもしれませんが、捜査中の事故で覚醒しました。当事者として、特性対で、苦しむD／Sのために捜査が続けられていくことを何より願っています。美濃和さんとは関係なく、俺は一警官として職務を全うします。あなたはあなたのすべきことをして下さい」

『しず』

　勢いのままブツ、と通話を切って、携帯をポケットに突っ込む。

　携帯を握っていた手は汗をかいていたが、気分はさわやかだった。長年囚われていた執着も、消える時はあっけないものだ、と思う。

　ひとつうなずき、対策本部室に戻ろうと踵を返すと人影が目に入ってどきりとする。あの男との会話に集中しすぎていて気づかなかったのだ。会話の内容を聞かれていただろうか、と顔を上げて確認した男の顔に、静は目を見開いた。

「櫛田さん……」

　今日も手入れの行き届いた革靴に、品の良い三つ揃いのスーツ姿の櫛田がそこに立っていた。

「すまない。立ち聞きするつもりはなかったが、君が廊下を通るのが見えたから、声をかけたくて追いかけたんだ。その、一度きちんと、話がしたいと思っていたし……」

櫛田が気まずげに語尾を濁す。

静と櫛田はしばし見つめ合った。

次に何を言うか、互いに探しているような空気を破って、静は口を開いた。

「あの男に、きっぱり言ってやりました。俺がああ言えるようになったのは櫛田さんのおかげですから、聞いてもらえて、むしろ良かったです」

そうだ、ようやく言えた。お前は俺の父親じゃないと、本人に。もっとひどいことを言ってやればよかったかもしれないが、既に胸はすっきりと晴れていた。

「……僕はそんなに、君に何かした覚えはないが」

櫛田が微かに眉を下げる。分かっている。彼の行動はすべて、彼自身の誠実さや責任感の強さから出たもので、彼にとって何ら特別な意味を持たないことを。

この無自覚は困りものだが、この後のことを考えれば、鈍感でいてくれた方がいい。すべてを過去として、ただの仕事の同僚に戻るためには。

でもこの距離で、あと少しだけ、言わせてほしい。まっすぐ櫛田の目を見ることはできないけれど、どうしても伝えたいことがある。

「幸せだったからです。櫛田さんといると、幸せな気分になった。自分が何をしても、何かをできなくても、駄目なところがあっても、ちゃんと、幸せな時はあるし、幸せになれる、なっていいんだっていうか。だからその……」

本当に言いたい言葉は一つだけ。でもそれを口にするわけにはいかないから。

「ありがとうございました」

いつのまにか、好きになっていました。あふれだしそうな思いを胸に押し込めて、静は深く頭を下げた。

ただでさえ静かな非常階段が、完全にしんとする。

「君は……」

やがて、櫛田が小さく呟いたのを、静は聞き逃さなかった。

「俺は、何ですか。部屋が汚くて、食事に無頓着なのはもう知ってますから、説教なら別のことにしてください」

櫛田が自分のことをどう思っていたのか、最後に少しだけでも聞いてみたい。けれど同時に、聞くのが怖くて、軽口を叩いてしまう。

「君は…………君だ」

微妙な沈黙のあと、生真面目な口調を崩さず櫛田は答えた。

禅問答(ぜんもんどう)のようなことを言われ、静はぽかんとした。

何故特性対に来たのかを聞いた時、「異動だ」とだけ告げられたのを思い出す。あの時は、随分お高くとまった官僚様だと思ったものだ。今は、異動に込められた彼の執念も、周囲のために感情をそぎ落とした振舞いも、すべてが愛おしく思えてしまう。

櫛田は息を吸い込み、もう一度「君は……」とだけ吐き出した。

ちらりと静の方を見たかと思えば、すぐに視線を床に落とす。いつも自信に満ちた物言いをする櫛田には、珍しい仕草だった。

「厄介や。優秀かと思えば思いもよらんとこでミスをする。慎重なのかと思えば軽率やし。きちんとしとるように見せて自分のことは放ったらかし。いつもは強気やのに時々ひどく不安定になる。ほんまに厄介で、危なっかしくてしゃあない」

「俺は……厄介」

なるほど。そんなにぴったりくる単語があったのか、と静は感心した。頭のいい人間は、語彙（ごい）も豊富だ。

確かに、櫛田にとって自分は厄介以外の何物でもなかっただろう。アクシデントでサブに覚醒してからというもの、櫛田には面倒のかけ通しだった。厄介を通り越して厄災（やくさい）だったかもしれない。

「最初から、君からは目が離せんかった。困ってる姿を見ると、面倒を見とうてたまらなくなる。君が何も考えんと、僕に頼ってくるようになればええとまで思うようになって」

「え？」

「君が僕の前で意地張って突っ張るたび、どうしようもなくなった。あかんと思うてても、手を出してしまう。もう、パートナーは作らへんて決めとったのに」

櫛田は突然、何を言い出したのだろう。

何か言おうと開けた口が、言葉を見つけられずに乾いていく。

「僕は前のパートナーに干渉しすぎた。彼女の重荷んなって、遠ざけられて、重症になるまで薬物依存にも気づけんと。同じことはもうせんて、自分に誓っとった」

「パートナーを作るつもりはない」と、釘を刺された時の胸の痛みを思い出す。あの時、櫛田があと一歩踏み込んできてくれなかったのは、そういう躊躇いがあったからなのか。

「でも君は、僕が甘やかしたくらいではびくともせぇへん。苦しんでもきちんと這い上がれるし、同じように苦しんでる人間の気持ちが分かる。僕よりよっぽど強い」

「強い、なんて」

「プレイの時、僕は君を跪かせる。でも本当の君は、決して膝をつかない。誰にも跪かない。いつも一人で立とうとする。そのことが分かった時、僕はほんまに、君を……」

そこで言葉を切った櫛田が、視線を上げるのでドキリとする。

あの日以来初めて、櫛田は静と目を合わせた。

何も言葉が出なくなり、ただ櫛田を見つめ返す。

櫛田と目を合わせたことで言葉では表せないほどの昂ぶりが心に生まれている。この感覚はやはり、間違いない。

「もしかして、君……？」

まさか、と目を見開いた櫛田の反応で、気づかれたと悟る。洞察力があるとはいえ、無関係の恩田が勘付いたくらいだから、本人を前にして隠し通すなど無理な話だったのだ。

静は頷き、震える唇を開いた。

「支配が、続いてるんです。櫛田さんに、僕のものになれと言われた時から、ずっと」

あの時、支配はじきに解けると櫛田は言ったが、未だ支配は続いていた。別件の取り調べでドムの容疑者にグレアを仕掛けられた時、全く身体が反応せず、おかしいと思った。調べたところによると、ごくまれに、サブが相性の良い相手から強烈な支配を受けた時に、まるで本覚醒をしたかのように、それ以外の相手から支配を受け付けなくなることがあるらしい。そして、その相手とのプレイでしか発情を発散できなくなる。いわば、一方的な本覚醒だ。

櫛田に、そのことを伝えて困らせるつもりはなかった。一方的な本覚醒は、一時的なものであることが多く、時間と共に自然と消滅するという。櫛田とさえ関わらないようにすれば、やがて何もなかったことになるはずだった。

けれど、言ってしまった。知られてしまった。

櫛田があまりにも、望みを持たせるようなことを言うせいだ。さっきのはまるで告白みたいだったから。のぼせ上がる頭の中で言い訳を探していると、突然身体がぐらりと傾ぐ。

「だから僕を、避けてたんか」

恩田に腕を引かれ、至近距離で絞り出すように言われる。

「避けて、なんか」

「羽田君。愛してる」

その長い腕に閉じ込められて、静は聞いた。

確かに、櫛田は言った。

「愛してる」

櫛田らしい、責任感が滲み出ているような重い声色だった。

はい、とだけ静は答えた。

信じられない思いだけれど、いざ耳にすると、自分はそのことを知っていたような気がする。櫛田はずっと、愛してくれていた。いつからか、その重さがどんな風に変化したのか、それは分からない。でも、たしかに、櫛田の愛を受け取っていた。それが、櫛田の支配が君塚のそれと違って感じられた理由だったのだ。

はい、と静はもう一度答え、腕を櫛田の身体に回した。

抱きしめて、抱きしめ返されて、こんなに充足したことはない。うっとりと目を閉じ櫛田を感じていると、突然自分を包む櫛田の身体に緊張が走った。

「まずい。……離れてくれへんか」

「え？」

言葉と共に肩を掴まれ、そっと押される。急にぬくもりから引きはがされて、静はぽかんとした。

しかし言われてみればここは職場で、非常階段とはいえいつ誰が通るか分からない。

「あ、そ、そうですよね。じゃあ、俺、先に席に戻……櫛田さん？　どうかしたんですか？」

それでも名残惜しく櫛田を見上げると、彼の様子がおかしいことに気づいた。

口元を押さえ、顔を伏せ、こちらを見ないようにしている。

「櫛田さん……？」

「離れなあかん」

櫛田の腕に触れ、顔を覗き込もうとすると、鋭い声が飛んできて静は硬直した。

今のはまるで、命令だ。櫛田は急に、どうしたというのだろう。

「……悪い。君は行ってくれ。今はまずい」

動揺する静に、櫛田がさっきよりは柔らかな声を出す。けれどそれも、無理をしてそうしているのだろうということがありありと分かった。

どうして、ともう一度考えて、至極簡単な可能性に気づく。

「まさか、櫛田さん、発情してるんじゃ」

静がその単語を口にすると、櫛田が口を覆ったまま嘆息した。

「……多分、そうや。どうしてか分からん。抑制剤は間違いなくいつも通り飲んどるから、こんなふうに急に発情するなんてありえへんのに。でも、とにかく、今の僕は君に何をしてしまうか分からんから、はよ離れてほしい」

そう呟く声もひどく辛そうだった。

櫛田の、発情。思いもよらぬ事態に静は焦った。

「な、何か、抑制剤以外に持ってないんですか。前、飲ませてくれたじゃないですか。鎮静剤とビタミン剤の組み合わせがどうとかって」

「あれは、君の処方薬に合わせて用意してたもんやから」

切れ切れの答えを聞いて、静は目を瞠った。ぱちぱちと数度瞬いて、目の前の男を見つめる。櫛田の愛は、深く、重く、何より、優しい。

「櫛田さん、行きましょう」

静は手を伸ばし、しっかりと櫛田の腕を握った。

櫛田が驚いて、静を見る。その目をじっと見つめて、静は言った。

「プレイ、したいです。俺に、櫛田さんの応急処置、させて、下さい」

　静は庁舎を出て、すぐにタクシーを止めた。櫛田は相当に息が荒く、この様子で家まで体調が持つのか心配していたら、櫛田が老舗（しにせ）ホテルの名を運転手に伝え、走り出したタクシーはものの五分で停車した。

　車はまだ、日比谷公園の脇を抜けたばかりだ。状況が呑み込めずにいるうちに櫛田が支払いを済ませ、降りるように促してくる。車内でずっと携帯を弄っていた彼の後についてタクシーを降りると、櫛田はわき目も振らずホテルのエントランスに入っていった。

「え？　え？」

　フロントで受付を済ませ、カードキーを受けとった櫛田が足早に歩き始める。慌てて後を追った静は、宿泊客用のエレベーターホールに立って、ようやく櫛田が部屋を取ったことを理解した。

「応急処置を」と言い出したのは自分だが、櫛田の行動の速さに頭が追い付かない。どぎまぎしているうちに高層階に到着し、エレベーターの扉が音もなく開いた。

「く、櫛田さ」

「はよう」

　そこでもさっさと歩き始めた櫛田が一瞬だけ足を止めて振り返り、短く呟く。いつも落ち着いた彼の余裕のない様子に、静はぞくりとした。

ピッと電子音をさせて櫛田が重いドアを開ける。長身の後ろについて部屋に入るなり、静はドアに背中を押し付けられた。

「痛……っ」

「ごめんな」

反射的に声を出すと、櫛田の手が背中に回り、ぶつかった部分をすうっと撫でおろす。いつもの、紳士的な櫛田だ。

ほっとした瞬間、櫛田が覆いかぶさってきた。

「ん……っ」

強い力で抱きすくめられ、唇に熱いものが重なる。

櫛田と、キスしている。静は目を瞬いた。照明はつけぬまま、奥の窓から差し込む夜景の明かりだけが照らす部屋で、触れる櫛田の身体の熱と吐息をまざまざと感じる。

熱をもった唇が何度も押し付けられ、そのたびに震えるような喜びが身体を駆け抜けた。

パートナーになって初めてのキスは、触れることを繰り返すうちに、次第に深くなり、櫛田の動きが静を征服するものに変わる。櫛田の舌が静の舌を引きずり出し、絡め、唾液をすする。息が上がり、無意識に腰が逃げると、ドアに身体を押し付けられ、さらに唇を貪られる。

「あ、ふ、ぅ」

熱い舌が、口蓋を擦る。くすぐったさに思わず顎を引くと、後ろ頭を大きな掌で押さえつけられ、反対の手で顎を掴まれた。さっきくすぐったかったところを確かめるように何度も舌で擦られると、くすぐったさが限界を超えて疼きに変わり、ついに静の膝はがくんと折れた。

激しいキスの嵐にうまく空気も吸えていなかった静は力が抜けて床にへたり込む。けれどなおも櫛田の腕は追いかけてきて、座り込んだ静の顎を掴んで持ち上げると、上から唇を塞ぐようにキスが再開された。唇を吸い上げられ、なめしゃぶられ、逃げ場がなくて犬のように喘ぐ。いつもより乱暴に従わされるのがたまらなく刺激的で、キスだけで身体をドロドロに溶かされてしまいそうだった。

発情が来るとサブの被支配欲が増すように、ドムは支配欲が増す。肉体的、精神的に相手を痛めつけたいというドム、拘束を好むドム、奉仕を好むドムと、支配欲の種類は様々だが、加虐心はどのドムにも程度の差はあれ存在するらしい。今の櫛田は暴力的な衝動が高まった状態に見える。それでこんなに激しいキスをされているのかと思うと、興奮を覚えた。

唇がはれぼったくなり、スーツを着たままの全身に汗がにじむ。朦朧とし、ただ繰り返されるキスに身体だけがびくびくと反応する。このまま意識がトんでしまうかもしれない、と微かに恐怖さえ感じ始めた時、ようやく櫛田の唇は離れていった。

荒い息を吐きながら、自分に覆いかぶさる男を、静は見上げた。
すると櫛田は膝をつき、静をぎゅっと胸に抱き込んだ。

「静……」

頭上でうっとりと、櫛田が呟く。その声を聞いて、静は腹の底がかっと熱くなるのを感じた。発情期はまだのはずだが、こんな声を聞いてしまってはもう、たまらなくなる。

静は無意識に身体をよじり、ジャケットを肩から滑り落としていた。櫛田とする時はいつも、自ら服を脱ぐよう命じられる。続けてタイを緩めようとすると、その手を櫛田に握られた。

「今日は全部、僕がする」

掴んだ手を自分の背中に回させると、短く言って櫛田は静の首元に唇を落とした。

「あ……ッ」

首筋に歯を立てながら、静のタイを抜き取り、首元のボタンを外す。暗闇の中でも、櫛田の指先は器用に動いた。

歯は甘噛（あまが）みというには強く押し付けられ、痛みにびくつくと、あやすように舌で舐められる。小さな痛みと快感を交互に繰り返し与えるやり方は、いつもの櫛田の手管（てくだ）のようで、しかし普段のプレイの数倍荒々しく、性急だった。まるでもっと激しくしたい欲望を、必死に押しとどめているようでもあった。

「ん、あ、ちょ……っ」

　あっという間に上半身を裸に剥かれ、胸に唇をつけられる。少しでも身をよじると、体重をかけられ壁に押し付けられて身動きを取れなくされた。

　舌で胸の尖りをねっとりと舐められると、それだけで腰が甘く疼く。これまでのプレイで櫛田が舌を使ったことはなく、ひどく背徳的な光景を見ている気がした。

　これがセックスなのか、プレイなのか分からない。

「あっ、ん」

　胸元にきつく吸い付かれ、静は痛みに声を上げた。けれど、刺激に尖った先端を舌先でつつかれるとすぐに甘い痺れが生まれる。張り詰めたそこの硬さを楽しむように舌で転がされると、下腹部に熱が溜まっていくのが分かった。

　もじもじと腰を揺らすと、それもまた体重をかけて押さえ込まれる。どうしていいかわからない。ただ胸を突き出して、ひたすらに敏感な先端を責められる。しゃぶられていない方は指で遊ばれた。カリ、と短い爪でひっかかれると、切なく胸の先が疼く。

「も……っ、あ……っ」

　キスをされ、胸を愛撫されただけで、信じられないほど身体が蕩けて、静は半泣きになった。櫛田の愛撫は熱く、長く、執拗だった。静に一切の逃げを許さず、弱い点を苛み続ける。胸以外にも鎖骨のくぼみやわき腹に、触れられると身体がびくついてしまう箇所があって、櫛田の指先はそんなポイントを見つけるたび嬉々としてそこを弄り倒す。

さっきのキスと同じに、永遠に続くのではないかというほどじっくりと責められて、気づけばまだ服も下着もつけたままの下半身が、ぐっしょりと濡れていた。もう胸の先は痛いほどになり、それでも与えられ続ける刺激にぶるぶると震えている。

「は、ふ、あ、も、もう、もう……っ」

抗議めいた声を漏らすと、ようやく櫛田の手が止まった。

少し身体を離し、櫛田はぐったりとした静を見下ろす。

「くしだ、さん……？」

そのまま櫛田が動かなくなり、不思議に思った静は彼を見上げ目を合わせようとした。けれど櫛田は目を逸らし、何かに耐えようとするように細く息を吐く。

「何でもない」

押し殺した声を漏らした櫛田と一瞬だけ目が合って、その瞳に宿ったギラギラとした光を静は見た。もう限界まで高められたと思っていた身体の奥が、きゅんと疼く。

従わされたい。そういえば、今日はまだ一度も命令されていない。

「命令、して、ください……」

「あかん。君とは、約束した」

静はふるふると首を振った。

「大丈夫、です。櫛田さんのしたいこと、全部、してください」

「羽田君……」

「全部してほしいです。お願いします」

静の懇願のあと、部屋はしんと静まり返った。

じっと目を凝らしていると、ようやく暗闇に慣れた瞳に櫛田の輪郭が映る。ぼんやりと浮かび上がる綺麗に通った鼻筋の両側、冴え冴えとした切れ長の双眸に、青い光が見えた。

「静」

名前を呼ばれ、身体が震える。

「おいで（カム）」

その命令は、静の全身を痺れさせた。すべてを投げうって、ひれ伏したくなる。彼に従い、すべてを彼に預けたい。

立ち上がり、歩き始める彼について、部屋の中へ入る。櫛田はジャケットを脱いで椅子の背にかけ、ベスト姿で静を振り返った。

「跪け（ニール）」

「あ……っ」

「そのまま、四つん這いに。腰上げて」

絨毯の床に手をつき、尻を上げる。そっと傍らにしゃがみこんだ櫛田に尻を撫でられると、まるで排せつの世話をされる犬になった気分だった。

間髪を容れずに、櫛田の手が股間に這う。スラックスの上から勃ち上がりきったものを掴まれると、静の腰はびくびくと震えた。そのまま何度か、上下に擦られる。濡れた下着が張り付いて擦れる感触が、未知の快感を静にもたらした。

そして、犬のような姿勢で性器を弄られていることに、どうしようもなく興奮する。

「あっ、あっん！」

限界まで嬲られていた身体は、あっけなく極まって射精した。

窮屈な下着の中でびくびくと性器が暴れ、欲を吐き出す。四つん這いのままはあはあと息を吐き、快感の余韻に震えた。

少し頭がはっきりしてくると、静は自分の犯した過ちに気づいた。今日はまだ、射精を許可されていない。なのに、勝手に出してしまった。

「何があかんかったか、もう分かってる顔やな」

おそるおそる背後の櫛田の様子を窺うと冷たい声でそう言われ、腹の底がぞくりとする。

「ご、ごめんなさ……」

「見せろ（プレゼント）」

謝罪を短い命令で遮られる。静は慌てて身体を起こし、ベルトに手をかけた。スラックスと下着をまとめてずらすと、性器との間にぬと、と先走りが糸を引く。

羞恥に頬が熱くなるけれど、命じられたことに従い服を一気に滑り落とした。両足を抜き、今度こそ一糸まとわぬ姿で櫛田の前に立つ。

櫛田はベッドの端に腰かけると、静の全身を眺めまわした。

「今日はこれから一切、僕の許可なしに出したらあかんで」

「はい」

素直に返事をすると、満足げに頷く。

「僕の鞄、取ってきて」

「え？」

「鞄や」

命令され、裸のままおずおずと歩き出す。不安になって振り返ると、櫛田が見てくれているのが分かった。

ドアのすぐ脇に置き去りにされていた櫛田のビジネスバッグを見つけ、両手で抱えて持ち帰る。ベッドに座る櫛田の足元に跪き、鞄を差し出すと、ふわりと頭を撫でられた。それだけでくら、と眩暈を覚えるほど満たされて、もっと命令が欲しくなり、櫛田を見上げる。

櫛田が鞄から、何かを取り出す。それをそのまま手渡され、見るとハンドクリームだった。

「それを自分で塗り。入れてほしいところに」

「え……」

「ベッドに上がって、足を広げて、指いれて。いつも僕がやってんのとおんなじに」

初めての命令に戸惑っていると、次々と指令が下される。静は命じられるままベッドに上がり、足を広げた。英字ばかりが書かれた高級そうなハンドクリームを、掌に絞り出す。そうしてもう一度櫛田を見ると、彼はただ頷いた。

彼の命令は理解している。けれど、どうしても恥ずかしい。

「静」

躊躇っていると、ひどく優しく名前を呼ばれる。この命令に従えば、さっきのように褒めてもらえるだろうか。彼の大きな手に撫でられた瞬間の陶酔を思い浮かべ、静はきゅっと唇を噛むと、意を決して自らの足の間に手を這わせた。初めて自分で触れたそこは、さっき放ったものの名残で濡れており、すでに熱をもっていた。

少しひんやりと感じるクリームをまとわりつかせた指先を、穴に沈めてみる。指が呑み込まれる感覚と同時に何かが入ってくる異物感があり、身体が混乱する。

「もっと奥まで、入れられるやろ。君の気持ちいいところまで」

「あっ、あう」

促され、思い切って指を進める。ぬる、と滑って第一関節まで挿入したところで、静は限界を迎えた。毛が逆立つような拒否感があって、これ以上、どうしていいのかわからない。

「あ……あ……」

「そこまでか。もっと訓練が必要やな」

ベッドの上で足を広げたまま櫛田を見ると、彼がゆっくりと立ち上がる。その姿を見ただけで、触れてもらえる、という期待に胸が高鳴った。

「こうや。静」

「あ……ッ！」

櫛田がベッドに乗り上げ、硬直したままの静の手を掴んで、指を深く挿入させる。自分では挿入できなかったところまで一気に突き入れられ、静はあえかな悲鳴を漏らした。

そのまま、まるで自慰をさせるように、櫛田の手が静の指を動かす。にゅくにゅくと自分の指で自分を犯す感覚はどうにも奇妙で、けれどそれが櫛田の命令だと思うと喜びもある。人差し指がスムーズに出入りするようになったところで、櫛田は静の指を抜かせた。

「ふ……んんッ！」

圧迫感が無くなってほっと息を吐いたのも束の間、今度は櫛田自身の指が二本挿入される。ぎちぎちと一本分の通路を通って入った中指と人差し指が、中ほどにある一点を挟み込んだ。

　途端に性器がビクンと跳ね、肌がカッと熱くなった。

「ほら、ここや」

「ああ、あ、あ、や、ああ……ッ」

　容赦ない力でそこを挟み込まれずりずりと擦られ、瞬く間に性器が射精寸前まで張り詰める。そこが弱いことは、これまでのプレイで知り尽くされている。

　急激で強すぎる刺激に首を振っても、もちろん櫛田の手は止まらなかった。

「ああッ、つよ、つよい、だめ、ダメ……ッ」

「まだイったらあかんで」

　無情な囁きに、歯を食いしばる。命令に従おうといくら気を逸らしても、身体はもう限界だった。感じるポイントを容赦なくこねられ、触れられぬままの性器が痛いほど充血する。

「や、いく、許し、て、くださ、あ、あ、おねが」

　取り乱して喚くと、櫛田の指が止まった。

「もう一度」

「いくの、許して、下さい……おねがい……します」

　一時止んだ責めにほっと息を吐いて言葉をひねり出すと、次の瞬間、感じる一点を強く指先で押し込まれた。同時に、短い言葉が鼓膜を打つ。

「イっていい」

「あああああっ」

その許可をまるで天の救いのように感じながら、静は達した。

二度目の射精にはまだ勢いがあり、ホテルの清潔なシーツに白濁が飛ぶ。散々我慢させられた放出は、ひどく尾を引いた。快感の名残が何度も身体を震わせ、体力が消耗する。だというのに、櫛田の指先は止まらず、後孔の中をうごめき続けていた。

「あ、まっ、なんで」

さっきほど強い力でなく、今度はやわやわと内壁を押し広げるように動く。感じすぎる一点は避け、そのまわりをゆっくりとなぞり、奥へ奥へと進む。

「だめ……だめ……」

射精した直後も中を擦られ続け、絶頂の余韻がずっと引かない。新たな波になりそうでならない絶妙な刺激に、感覚が狂っていく。うっすらとした恐怖にもがくと、キスの時のように伸し掛かられ、身体で押さえ込まれる。

またもや逃げ場を奪われ快楽攻めにされて、静はぎゅっと目をつぶった。

視界が消えると、後孔の指をよりはっきりと感じる。櫛田の指はこれまでになく大胆に動き、大きく静の中を広げていく。

これまでのプレイでは、挿入をしたことがない。セックスはしない、というのがルールだったからだ。けれど今日は櫛田のものを入れてもらえるのだ、と気づいて目を開く。

「く、櫛田さん」

名前を呼ばれた櫛田は身体を離し、ようやく指を抜いた。静は期待を込めて、伸し掛かる櫛田を見る。けれど彼はまだきっちりと服を着こんだままで、それを脱ぐ気配も見せなかった。

「何や?」

平静な声でそう聞かれ、静は口ごもった。自分ばかりが、挿入のことを考えているのだろうか。

「してほしいことあるなら、言うてみ」

櫛田の言葉に、俯いてしまう。「言え」と命令されれば口にできるのに。躊躇っているうちに、櫛田の身体は離れていってしまった。

「何も言わんなら、次は、こっちやな」

そう口にした櫛田は、枕を取り、静の腰の下にあてがう。そして天を向いた足の間に指を這わせるが、なぜか中ではなく、穴から性器につながる細い筋をたどり始めた。

「あ、あの」

櫛田の意図が分からない。プレイでも、そこは触られたことがない。しかし、最初はくすぐったいだけだったそこに、次第に変な熱が集まり始める。既に二度も達した身体に、これまでとは違う快感が広がっていった。

「なに、ぅ、くし、だ、さ……」

そんなところ、触らないで。入れてほしいのに。

榊田の指はただゆっくりと、繰り返しそこを撫で続ける。

「あ、あ、あ、あ」

やがて少し強くそこを指の腹で押されると、無限に声が出てしまうようになった。

脳が水滴を垂らされた角砂糖のように溶けて、手足に力が入らなくなる。

「も、や」

「もう少し、我慢や」

これはさっき、「入れてほしい」と素直に言えなかった自分への罰なのだ。

「は、はひ、でも……っ」

だからそう答えるしかないけれど、この快感には、出口がなくて、不安になる。

「何か、くる、きちゃうから……っ」

「まだや」

命令する榊田の声には取り付く島がない。自分の身体がどうなろうとしているのか、分からなくて怖いけれど、それでも榊田の言いつけには従いたい。

必死に耐えていると、全身ががくがくと震え始めた。自分が自分でなくなる。

「本当はさっき、何を言いたかったん。言えたら、手ぇ止めたってもええで」

「あ……あ……」

櫛田に問いかけられるが、口が回らない。

「もう、戻ってこられへんか。そのまま、力抜いてみ」

力を、抜く。言われるがまま身体を弛緩させた時、静は射精なしの絶頂を迎えた。目の前が真っ白になり、身体が大きく引き攣れる。大きな波がたたきつけるような衝撃があり、意識が一気に高みに押しやられた。

「よう我慢した。ええ子や。ええ子……」

櫛田の低い声が優しく耳朶を打って、陶酔が胸に甘く広がった。

それは経験したことのない快感だった。自分でするのとも、女性相手に腰を振って出すのとも違う。内側から自然と高まる愉悦は全身を隅々まで満たし、脳を痺れさせる。

ようやく意識が落ち着いても、ふわふわとした心地から、一向に戻ってこられない。

「……無理させたか」

問いかける櫛田に、首を振ってみせる。ほとんど力が入らず微かな動きになったが、それでも櫛田は汲み取ってくれて、額に小さなキスが下りてきた。これ以上なく、心が満たされる。同じだけの満足を、櫛田も感じているだろうか。

「く、くしださ……」

「何や」

「くしださ、ほし……ほしい……はやく……」

高揚した気分の中、静は欲望をそのまま口にした。

今、櫛田が欲しい。とろけるような全身に、彼を受け入れたい。深く刻んでほしい。

静の要求に、櫛田の動きが止まる。

あまり動かない手を無理やり伸ばし、櫛田のベルトに触ろうとする。しかし、その手を押しとどめた櫛田は、低く唸った。

「待て（ステイ）」

命じられ、ベストを脱ぎ、タイを抜く櫛田をじっと見守る。彼の素肌が空気にさらされていく様を見るだけで、静の喉は鳴った。服をすべて取り去った櫛田の性器がすでに十分な大きさになっていて、嬉しくなる。

櫛田の切っ先がひたりと穴に押し当てられると、期待に全身が戦慄いた。

「もう少し、我慢してるとこ見たかったけどな。僕も限界や」

「あ、櫛田さん、やっと……」

櫛田の感触が嬉しくてそう口走ると、熱にぼやけた視界で櫛田が唇を噛む。

「……こっから先はプレイと違うから、感じたいように感じてほしい。あかんかったらすぐ言うて、我慢せんこと。ええな？」

押し殺した声で言う櫛田に、矢も楯もたまらず首を縦に振る。

「っ……!!」

ずず、と一気に櫛田の熱を挿入され、静は息を呑んだ。

いやというほど解された箇所に痛みはなく、衝撃はそのまま快楽に変わる。奥を突かれるとびりびりと快楽が脳天を貫き、静は怯えた。

このままの勢いで抜き挿しを繰り返されたら、自分がどうなってしまうか分からない。

「ゆ、ゆっくり、もっと」

手を伸ばしてそう訴える。

櫛田はじっと静を見つめると、一度目を閉じて息を吐いた。

「……分かった」

そう答えた櫛田の動きが、言葉通り速度を落とす。ゆるゆると腰を引き一度完全にものを抜くと、今度はめまいがするほどじっくりと時間をかけて、挿入が始まった。

これまでの前戯で熱を孕み、欲に膨れ切った厚ぼったい後孔の肉の、襞の一枚一枚が蠢くのを感じるほど、ゆっくりと中を開かれる。

浅い場所にある、触れられるとたまらなくなる小さな突起をじわじわと押し潰し、びくびくと痙攣する内壁を焦らすような速度で中を進む。

櫛田は半分ほどで腰を止め、同じような速度で今度は性器を引いた。ず、と櫛田が出て行く感触に、肌が粟立つ。櫛田は二回、三回と、同じようにじっくりと時間をかけて挿入を繰り返した。緊張しつつその動きを受け止めていた静は、やがて身体の明らかな変化を感じた。

「あ、あ、あ」

少し櫛田が動くだけで、その小さな刺激をすべて甘受しつくそうと内壁がざわめき、腹の内側までその余波が響く。さっき何度か突かれた奥は、早くもう一度あの突き抜けるような刺激が欲しいと疼き始めた。

快感を欲しがって、後孔がまるで意志を持った生き物のように収縮する。

「あ、い、いや」

なのに櫛田は相変わらずじっくりと腰を進めては引くことを繰り返す。

じわじわとした快感が全身に広がり、強く突かれているわけではないのに指の先までもがぴくぴくと引き攣れだした。

さっきみたいにもっと強く、奥まで突いてほしくなる。

つい自分から腰を振ってみたけれど、組み敷かれている体勢ではもじもじとした動きにしかならない。それどころか、動きに気づいた櫛田がそれを封じるように、上体を前に倒して伸し掛かってきた。

「な、なんで……」

「もう少し、待ち。もっと良うなる」

近くなった顔を見上げると、低く囁いた櫛田の唇の端が、微かに吊り上がっている。その薄い笑みに得体の知れない凄味を感じ、静の腹の底はきゅんと震えた。

今自分の快感は、完全にこの男に支配されている。

じれったい速度で、浅い場所を、櫛田が擦っては出て行く。静は息を詰め、何とか言われた通り待とうとした。けれどもの欲しさに気が狂うほどになり、次第に泣きたいような気持ちが訪れる。

「も……や……いや……おねが……」

うわごとが漏れ、その声は泣き声のように掠れていた。

「静」

「おねがい……おく……くださ……くしださ……もっと……おく……っ」

必死になって繰り返すと、熱にぼやけた視界で櫛田が目を見開くのが見えた。

「静」

熱っぽい声が名前を呼び、ぐっと腰を抱え直される。

「焦らしてごめんな。君があんまり可愛すぎて」

その言葉と同時に、櫛田の性器がぐっと奥へ突き入れられた。

「あ――――ッ」

先端が再び奥を突いた瞬間、あまりに強い快感に、静は悲鳴を上げて達した。

既に二度精液を吐き出した静の性器は、先端の小さな穴をただぱくぱくと切なく開閉させる。

達している間も、軽くゆすられて絶頂が止まらない。熟れきった最奥がまるで生き物みたいに櫛田の先端に吸い付き続け、更なる快感を貪りつくす。

「もう少し、動いてもええか」

「アッ」

櫛田が望むなら、受け止めたい。けれど身体は限界を超えていた。まともな言葉が出ず、がむしゃらに頷くと、奥に硬い切っ先を強く叩きつけられた。続けて突かれるたびに脳天に火花が散る。全身の痙攣が止まらなくなった。

視界が真っ白になり、息が止まる。

「く、くしだ、さ……ッ」

自分がどこにいるかもわからなくなり、必死に名前を呼ぶ。闇雲に手を前に突き出すと、大きな掌にしっかりと掴まれた。

ぎゅっと抱きしめられ、裸の胸が密着する。

これ以上ない安心感に、静は包まれた。

「う、動いて、くださ……」

「静……っ」

耳元で櫛田が低く唸り、一際強く奥を突かれた瞬間、腹の奥にぱっと熱が散る。そのぬくもりをうっとりと感じながら、静は意識を手放した。

高級ホテルの真っ白な天井が間接照明に照らされている。淡いオレンジの光は一般にリラックス効果をもたらすというが、静の心境はくつろぎからは少し遠かった。

身体の疲労はともかく、すべてを解放した櫛田の支配欲がすさまじく、受け止めきれない。セックスの間はまだ良かったが、そのあとには風呂まで抱きかかえて連れていかれ、後処理をされた上に全身を洗われ、髪まで乾かされてしまった。世話を焼かれるまま再びベッドに横たわっている今も、じっと横から見つめられている。

「やっぱり、無理させたな」

「……気持ち良かったで、ッんン」

なんとか余裕ぶって答えたつもりが声が掠れ、きまりが悪い。櫛田が慌てたようにベッドサイドのペットボトルを掴んで差し出すのが、余計に恥ずかしかった。

「セーフワード、使うてもよかったんやで」

「まさか」

櫛田のしたいことは、なんだって受け止めたかった。その覚悟が伝わっていなかっただろうかと思って櫛田を見ると、切れ長な二つの目が、何かを言いたげにこちらを見ていた。初対面で仮面のようだと思った美貌も、随分表情豊かになったものだ。いや、ずっと櫛田を見てきたから、少しの変化に気づくようになったのかもしれない。

「……何ですか？」

「君……なんであんとき、セーフワードを使わんかった」

そう言った櫛田の表情の真剣さから、あの時、がいつのことだか分かってしまう。抑制剤を取り上げられた、あのグレアの時だ。

櫛田が反省モードに入ってほしくないので、敢えて明るく答える。

「なんででしょうね。それまでのプレイで使ったことなかったし……」

そこまで続けた静は、はたと気づいた。

「っていうか、セーフワード、何でしたっけ」

「君なあ」

セーフワードを決めた時、発散のためにプレイに付き合ってもらうのだから、セーフワードなんて使うまいと思っていた。意地を張って、そのまま本当に忘れてしまったのかと思うと、我ながらおかしくなってくつくつと笑う。

櫛田が呆れたような声を出しながら、手を伸ばしてきた。額にかかった前髪を払うその指先があまりに優しく、奥歯がむずむずとする。

「……いいんですよ。俺の本当のセーフワードは、たぶん、櫛田さんが見つけてくれたから」

「ほんまのセーフワード？」

櫛田が瞬くのを見て、静はふっと息を吐いた。

優しくしないで、と、何度櫛田に言っただろう。あれがSOSだと、櫛田が気づいてくれたから。自分でも知らなかったような傷を、声を、掬い上げてくれたから。

「なんでもありません」

ただ微笑みを浮かべると、櫛田が目を細めた。そうしてまた髪を撫でようとするので、静はごろんと寝返りを打ってその手から逃れた。与えられる甘さが、既に許容量を超えている。

「あんまり、優しくしないで下さい」

「そうやな」

応える櫛田の声も、微かに笑みを含んでいる。首だけ少しずらして横顔を盗み見ようとすると、目元を緩めた櫛田と視線が合ってしまった。

「おいで」

そう呼ばれると、逆らえない。これは別に、プレイではないのに。

再び寝返りを打つと、腕を取って引き寄せられる。抱き込まれ、繰り返し額に唇を落とされた。優しさそのものの、甘やかな口づけ。

駄目だ、と静はぐったりとして身体の力を抜いた。

抵抗は無駄。今日はもう、どろどろに溶かされるしかない。どうしても意地を張ってしまうのが自分の性分なように、息をするように相手に優しさを与えるのが櫛田なのだ。

「そういえば、今、欲しいもんあるか」

口づけの合間に、櫛田が囁く。

「や、特に、腹も減ってないですし……」

ここへ来てさらに餌付けしようとは、その世話焼き根性には恐れ入る。

「そうやのうて、クリスマス」

「ああ……」

事件を追いかけるうち、気づけば今年もあとわずかになっている。

この男、クリスマスを祝う習慣があるのか。面倒だな、と一瞬湧き上がった気持ちに蓋をして、真面目に考える。けれど答えは結局、つまらないものになった。

「特にありません。小さい頃から、あんまり物欲ないんですよね、俺」

「そんな感じするな」

おっとりとした櫛田の囁きの合間に、静はふと顔を上げた。

「あ、でも、特性対に残りたいです」

「は?」

ぽかんとする櫛田に、特性対に残りたい、と色気のない台詞を繰り返す。

「それが君の、欲しいもんか」

「そうですね。……特性対に来て、サブに覚醒してからずっと、どうして俺がって思ってましたけど。そういう巡り合わせもあるんだろうなって、今は思ってます」

だから、今何か望むものがあるとすれば、それだ。次の椅子なんて欲しくない。

今回の事件の捜査を通して、自分にしかできないことが、見つかったような気がした。まだ偏見も多いD/Sに関わる犯罪捜査で、当事者にしか見えないものを見ること。

誰かを救いたいとか、そんな大げさなことではないけれど。特性対での仕事を続けたい。

何かを自分で欲しがるのは、初めてかもしれない。

願いが叶う可能性は、そう高くないだろう。啖呵は切ったけれど、あの男のことだからどうせ何事もなかったかのように、これまでどおり息子の人生を我が物として扱うに違いない。その時自分がどうするのか、静にはまだ分からなかった。

「櫛田さんは厚労省に戻る……んですよね」

「まあ、そやな」

予想通りの答えに、少し気持ちが沈む。彼と一緒ならどんな捜査にもまた、向かって行けるような気がしていたけれど。

「君が無茶すんの、横で止められんようになるんは不安やけど」

「同じ区内ですから、すっ飛んできてくださいよ」

寂しさを紛らわす軽口を叩いて櫛田を見ると、意外にも真顔があって少し怯む。

「……冗談ですよ?」

「無茶があかんってことを、君には重々分かってもらわんとあかんなあ」

柔らかだけれど、その声にはどこか凄味を感じた。櫛田には散々迷惑をかけたから、当然と言えば当然なのかもしれないけれど。「どう」分からせられるのか不安になる。

抱き込まれた腕の中から抜け出そうと身を捩ると、抱きしめる腕の力が強くなって、身動きが取れなくなった。

「厳しくするで」

低い声が耳に吹き込まれ、全身がびくびくと震える。

とんでもない男をパートナーにしてしまったかもしれない。この男、物わかりがいいようでいて、時に有無を言わさず自分の意志を貫く策士なのだ。今更もう、逃げるつもりもないけれど。

「優しくされるの、苦手なので」

望むところです、と囁き返して、静は櫛田の背中に腕を回した。

一月某日、百名は収容可能な会議室は暗色のスーツと礼服で埋まり、まるで黒い海のようだった。特性対の現メンバー全員のほかに、来賓もおり人数が多い。班ごとに分かれ、背筋を伸ばして整列する男たちの中から、静は一歩前へ進み出た。

壇上では、あの男が威厳たっぷりにこちらを見下ろしている。その鋭い眼光を受けても、もう怖気づくことはない。静はまっすぐに男を見て、階段を上がった。

「今回の違法薬物流通組織摘発において、貴職の貢献は大きかった。その働きはこの特別性向犯罪対策組織発足の意義を実現したものであり、また今後の本組織の発展に必ず寄与すると思料する。よって本日、ここに部長賞を授与する」

司会役の本村がそう言うと、あの男が一歩、前へ出た。

「部長賞は、本特別性向対策組織発足のため尽力された、美濃和勇造衆議院議員より特別に授与される。一同、礼」

ザッ、と空気を切る音が室内に響き、静も右手で敬礼をする。続いて、無言のまま腰を折って両手で男の差し出す賞状を受け取ると、背後で広報課の職員が盛んにカメラのフラッシュを光らせた。

男が手を離し際、ちらりと静を見る。その口元は、微かに笑みを湛えているようだった。

静が壇上から下りると、男がマイクを手に取る。

「この度は、昨年十月に発足した特別性向犯罪対策本部がその任を成功裏に終えたことを、ここにいる皆様にお慶び申し上げる。また、本日この場で、本年二月一日付で特別性向犯罪対策本部犯罪対策室および薬物対策室を設置することを発表させていただく。犯罪対策室長には、現捜査三課の羽田静を任ずる」

大勢の前で父が子の辞令を発表するなんて、本村もその上もこの男に阿り過ぎだろう、という苦笑を噛み殺しながら、表向きは涼しい顔で静は立っていた。

内示を受けた時、現職の本庁課長級では最年少になるぞ、と本村に発破をかけられた。この男の息子でいたおかげで、面の皮を厚くすることができた。彼の名前で自分の願いが叶うのなら、いけるところまでいってやると、今はそう思える。

壇上の男は薬物対策室長として麻取の捜査官の名前を読み上げ、更に人事発表を続けた。

「特別性向犯罪対策本部長は、現組織犯罪対策部長の篠原紘一が兼任する。また、同副部長に、厚生労働省大臣官房審議官の櫛田勇吾を任ずる」

その辞令に、静は思わず隣に立つ男を見た。

こんな話は、聞いていなかった。

今日は君の門出を祝う日やなあ、なんて朝はすっとぼけていたくせに。

「無茶は、あかんで」

前を向いたまま、取り澄ました横顔が囁く。

背中には、まるであの日と同じように、会議室中の視線が突き刺さっていた。間抜けな顔を晒さぬよう慌てて口元を引き締め、正面に向き直ると、本村に鷹揚に礼をしたあの男が壇上から下りるところだった。相変わらず分刻みのスケジュールで動いており、この式は中座するらしい。最前列に立つ篠原部長が率先して手を叩くと、あっという間に拍手の渦が巻き起こった。男は軽く右手を挙げて応え、皆に見守られながら会議室を後にする。

その後二、三の式事を終え、散会となり、静は櫛田と連れ立って庁舎を出た。彼と出会った日に昼食を取ったのと同じ中華料理屋で向かい合い、注文を済ませた後で静はおもむろに口調を切り替えた。

「俺、本当びっくりしたんですけど。薬物対策室の室長が麻取の人になるのは知ってましたけど、まさか櫛田さんが副部長なんて」

「驚かせたくて黙ってたから、成功やな。にしても、今日は何重にもめでたいな。君塚の起訴が決まったって、連絡があったし」

櫛田と離れ離れになると思って、ここ一か月少しずつ覚悟を決めていたのが、馬鹿みたいだ。少し文句を言ってやろうと構えていた静は不意に仕事の話題を持ち出されて瞬いた。

「そうですね。……そういえば、俺最近ずっと考えてたんですけど、君塚ってどうしてあんなことをしたんでしょうか」

君塚の名前を聞いて、ここのところ気になっていたことがふと口をついて出る。けれど疑問を口にした次の瞬間、静は自分の失言に気づいた。君塚によって、櫛田は覚醒相手を失っている。軽率に話題にすべきではなかった。

「あ、すみません、櫛田さんに聞くべきじゃなかったです。忘れて下さい」

「いや、それについては僕も考えとった。君はどう思う」

慌てて質問を取り消すと、櫛田が気にするなというように肩をすくめる。気後れしながらも、静は口を開いた。

「……本人は、ドラッグの開発が生きがいだって供述してるじゃないですか。実際、あれだけアポロを売り捌いておきながら、君塚が金をかけてるのって病院とドラッグ開発だけでしたよね。科学者としての探求心があったのは本当でしょうけど、それだけでは納得できなくて」

だから話をしたかったのだという思いを込めて櫛田を見ると、彼は目を伏せた。

「そうやな。僕は、彼はある意味、生粋のドムよりよほど支配欲が強い男やと思う」

「支配欲、ですか」

鸚鵡返しに聞くと、櫛田が微かに首を傾ける。彼自身が答えを探しているような気配があった。

「支配欲いうても、僕のとは違う。D／Sは、覚醒も相手あってのものやし、対人支配／

非支配性向って名前の通り、相手とのやりとりがあって初めて満たされる。けど、あの男はただひたすら、自分が支配したいっていう欲だけに突き動かされてるように見えたな。あいつは自分のドラッグでどれだけの人間の人生を支配できるか、試したかったんやと思う。アポロなんて危ないドラッグばらまいて、相手なしに事故みたいに誰かを覚醒させる。そういうことにも、快感を覚えとったんと違うかな」

櫛田の言葉は確かに的を射ているように聞こえた。君塚の恐ろしい本性にうすら寒さを覚えて黙り込むと、櫛田がぽつりと付け加えた。

「相手からの信頼とか、反応とか、そういうものには何も感じられへんのやろう。僕からしたらある意味、哀れや」

結局君塚は、果てのない自分の欲に飲まれ、身を滅ぼしたということか。静は改めて櫛田と君塚の支配の違いが分かった気がした。櫛田は、自分のことを見ていてくれる。応えてくれる。だから、櫛田に支配されたいと思うのだ。

温かい気持ちに満たされ、彼の目を見る。

「櫛田さんに出会えてよかったです。本当に」

思ったままを口にすると、櫛田が一瞬目を見開き、急に視線を逸らされる。そこで自分が脈絡のないことを言い出してしまったことに気づき、恥ずかしくなった。

「俺、すみません、突然話が飛んで」

「……こんなところでそんな可愛い顔してそんなこと言い出したら、危ないで。場所に構わんと支配したくなる」

右手で目元を覆いながら、櫛田が低く唸る。珍しく動揺する彼に、特性対への残留を隠されていたことへの仕返しができた気がして、楽しい気分になった。

「いつでも、いいですよ。櫛田さんの支配なら」

「……君なあ」

少し呆れた声を出して顔を上げた櫛田の瞳は、微笑んでいた。

「これからも一緒に特性対でやっていくわけだし、きちんと俺の手綱を握って下さい。あ、でも、管理はほどほどで」

冗談めかして、本心を告げる。

出会った日、櫛田と組まされると分かったときは、地に落ちたような気分だった。

でも今は、自分がとても運が良かったと分かっている。

櫛田になら何も恐れることなく、支配権を渡せる。

まだ時々、彼の行き過ぎた支配欲や管理癖に戸惑うことはあって、それはこれからも変わらない気がするけれど。

「精進する」

柔らかなその声に、愛しか感じないから。

羽田静は、あなた以外に決して、跪かない。

「あんまり優しくしないで下さいね」

静は、自分を見つめる男の瞳に、そっと微笑みを返した。

了

■あとがき■

はじめまして、または拙作を再び手に取って下さりありがとうございます。手嶋サカリです。

今回は、Ｄｏｍ／Ｓｕｂユニバースという少し特殊な設定の中で、サブの刑事とドムの官僚が共に事件を追う中で芽生えるラブストーリーを書かせていただきました。

他人からの支配を好むサブと、他人を支配することを好むドム、というのがＤｏｍ／Ｓｕｂユニバースの基本設定ですが、『Ｓ捜査官は跪かない』は、突然の事故で被支配欲に目覚めて戸惑うサブと、ある事情から支配欲を封印しているドムのお話です。

Ｄｏｍ／Ｓｕｂユニバースには以前から興味があったので、今回挑戦することができて嬉しかったです。Ｄｏｍ／Ｓｕｂユニバースのような特殊設定のお話では、属性とカップルの組み合わせを考えるのが楽しいです。今回は、ストーリーの中で少しだけ、サブとニュートラル(ドム性もサブ性も高くない存在)のカップルも登場します。

また、官僚や刑事など、エリートたちの灰色の世界というのも私の萌えツボのひとつで、今作はそちらも合わせた欲張りセットになりました。

読んでくださる方に、少しでも楽しんでいただけたら幸いです。

しっとりと落ち着いていながら色っぽい、静（しずか）と櫛田（くしだ）を描いて下さったみずかねりょう先生に感謝いたします。はじめてカバーイラストを拝見した時、あまりの色気に圧倒されてしまいました。艶と品のある素敵な二人をありがとうございました。

プロットも原稿もかなりの難産だった今作に、辛抱強くアドバイスを下さった担当様、ありがとうございます。変更に次ぐ変更で、ご面倒をおかけしました。

色々と環境が変わる中ですが、書き続けられることに幸せを感じています。

今作に関わって下さったすべての方に心からの感謝を込めて。

また、どこかでお目にかかれるよう祈りつつ。

手嶋サカリ

初出
「S捜査官は跪かない ―Dom/Subユニバース―」書き下ろし

この本を読んでのご意見、ご感想をお寄せ下さい。
作者への手紙もお待ちしております。

あて先
〒171-0014東京都豊島区池袋2-41-6
第一シャンボールビル 7階
(株)心交社 ショコラ編集部

S捜査官は跪かない
―Dom/Subユニバース―

2021年5月20日 第1刷

著 者:手嶋サカリ
発行者:林 高弘
発行所:株式会社 心交社
〒171-0014 東京都豊島区池袋2-41-6
第一シャンボールビル 7階
(編集)03-3980-6337 (営業)03-3959-6169
http://www.chocolat_novels.com/
印刷所:図書印刷 株式会社